The Poor Clare
La clarisa

Elizabeth Gaskell

# The Poor Clare
# La clarisa

Texto paralelo bilingüe
Bilingual edition

Inglés - Español
English - Spanish

texto en español, traducido del inglés por Michelle Torres

ROSETTA EDU

Título original: *The Poor Clare*

Primera publicación: 1856

Ilustración de tapa: «Éxtasis de Santa Teresa», escultura de Bernini (entre 1645 y 1652).

Rosetta Edu Ltd.
© 2025 para la traducción al español: Michelle Torres.



Primera edición: Octubre 2025

Publicado por Rosetta Edu
Londres, octubre 2025
www.rosettaedu.com

ISBN: 978-1-83647-141-7

**Rosetta Edu**
*Ediciones bilingües*

### Páginas enfrentadas

Páginas enfrentadas con la traducción y texto de origen en libros impresos.

### Párrafos alineados

Los párrafos alineados entre los dos idiomas facilitan la comparación y la comprensión, ahorrando la necesidad de referirse constantemente al diccionario.

### Integridad y fidelidad

Traducciones íntegras, fieles y no abreviadas del texto de origen.

### Cuidado del vocabulario

Traducciones especiales para ediciones bilingües, con especial cuidado por la hegemonía de vocabulario utilizando glosarios en el proceso de traducción.

### Contexto educativo

Ediciones enfocadas a estudiantes intermedios y avanzados del idioma de origen o del español en libros coleccionables y aptos para el contexto educativo.

# INDICE

# CHAPTER I

December 12th, 1747.—My life has been strangely bound up with extraordinary incidents, some of which occurred before I had any connection with the principal actors in them, or indeed, before I even knew of their existence. I suppose, most old men are, like me, more given to looking back upon their own career with a kind of fond interest and affectionate remembrance, than to watching the events—though these may have far more interest for the multitude—immediately passing before their eyes. If this should be the case with the generality of old people, how much more so with me! . . . If I am to enter upon that strange story connected with poor Lucy, I must begin a long way back. I myself only came to the knowledge of her family history after I knew her; but, to make the tale clear to any one else, I must arrange events in the order in which they occurred—not that in which I became acquainted with them.

There is a great old hall in the north-east of Lancashire, in a part they called the Trough of Bolland, adjoining that other district named Craven. Starkey Manor-house is rather like a number of rooms clustered round a gray, massive, old keep than a regularly-built hall. Indeed, I suppose that the house only consisted of a great tower in the centre, in the days when the Scots made their raids terrible as far south as this; and that after the Stuarts came in, and there was a little more security of property in those parts, the Starkeys of that time added the lower building, which runs, two stories high, all round the base of the keep. There has been a grand garden laid out in my days, on the southern slope near the house; but when I first knew the place, the kitchen-garden at the farm was the only piece of cultivated ground belonging to it. The deer used to come within sight of the drawing-room windows, and might have browsed quite close up to the house if they had not been too wild and shy. Starkey Manor-house itself stood on a projection or peninsula of high land, jutting out from the abrupt hills that form the sides of the Trough of Bolland. These hills were rocky and bleak enough towards their summit; lower down they were clothed with tangled copsewood and green depths of fern, out of which a gray giant of an ancient forest-tree would tower here and there, throwing up its ghastly white branches, as if in imprecation, to the sky. These trees, they told me, were the remnants of that

CAPITULO I

12 de Diciembre de 1747. Mi vida se ha visto envuelta en extraordinarios incidentes, algunos de los cuales tuvieron lugar antes de que yo tuviera conexión alguna con los actores principales de tales eventos, o en efecto, antes de que siquiera supiera de su existencia. Supongo que la mayoría de los ancianos, como yo, tienden a mirar hacia atrás y ver sus propias carreras con una especie de profundo interés y recuerdo entrañable, en lugar de ver los sucesos pasando rápidamente ante sus ojos —aunque estos puedan ser más interesantes para la multitud—. Si este debe ser el caso para la mayoría de la gente mayor, ¡cómo no ocurriría conmigo...! Si estoy a punto de adentrarme a esa extraña historia relacionada con la pobre Lucy, debería de comenzar desde mucho más atrás. Yo mismo supe de su historia familiar después de conocerla, pero para hacer que este relato sea claro para todos, debo de contar los eventos en el orden que fueron ocurriendo —no de la forma en que supe de ellos—.

Hay un gran y viejo *hall* en el noreste de Lancashire, en una parte que es conocida como «El valle de Bolland», contiguo a otro distrito llamado Craven. La mansión Starkey era más bien un cúmulo de cuartos agrupados alrededor de una enorme torre vieja y gris en lugar de un *hall* normal. De hecho, supongo que la casa constaba solamente de una gran torre al centro, en la época en la que los escoceses hacían sus terribles asaltos hasta el sur, y después que los Estuardo llegaron y que había un poco más de seguridad en esa área, los Starkey de este tiempo sumaron un pequeño edificio, que contaba con dos pisos y rodeaba toda la base de la torre. En mi época, había un gran jardín en la ladera sur, cerca de la casa; pero cuando supe por primera vez del lugar, el huerto de la granja era el único terreno de cultivo perteneciente a la propiedad. Los ciervos solían asomarse por las ventanas del salón, y hubieran podido pastar cerca de la casa si no hubieran sido tan salvajes y tímidos. La mansión misma se encontraba en una saliente o península alta, sobresaliendo de las abruptas colinas que se formaban a los lados del valle de Bolland. Estas colinas eran rocosas y frías en la cima, y al fondo estaban cubiertas de arbustos enredados y una profundidad de verdes helechos, donde sobresalían antiguos arboles gigantes y grises por aquí y por allá, que alzaban sus abominables ramas blancas, como una maldición, hacia el cielo. Me contaron que estos árboles eran los vestigios del bosque que

forest which existed in the days of the Heptarchy, and were even then noted as landmarks. No wonder that their upper and more exposed branches were leafless, and that the dead bark had peeled away, from sapless old age.

Not far from the house there were a few cottages, apparently, of the same date as the keep; probably built for some retainers of the family, who sought shelter—they and their families and their small flocks and herds—at the hands of their feudal lord. Some of them had pretty much fallen to decay. They were built in a strange fashion. Strong beams had been sunk firm in the ground at the requisite distance, and their other ends had been fastened together, two and two, so as to form the shape of one of those rounded waggon-headed gipsy-tents, only very much larger. The spaces between were filled with mud, stones, osiers, rubbish, mortar—anything to keep out the weather. The fires were made in the centre of these rude dwellings, a hole in the roof forming the only chimney. No Highland hut or Irish cabin could be of rougher construction.

The owner of this property, at the beginning of the present century, was a Mr. Patrick Byrne Starkey. His family had kept to the old faith, and were stanch Roman Catholics, esteeming it even a sin to marry any one of Protestant descent, however willing he or she might have been to embrace the Romish religion. Mr. Patrick Starkey's father had been a follower of James the Second; and, during the disastrous Irish campaign of that monarch he had fallen in love with an Irish beauty, a Miss Byrne, as zealous for her religion and for the Stuarts as himself. He had returned to Ireland after his escape to France, and married her, bearing her back to the court at St. Germains. But some licence on the part of the disorderly gentlemen who surrounded King James in his exile, had insulted his beautiful wife, and disgusted him; so he removed from St. Germains to Antwerp, whence, in a few years' time, he quietly returned to Starkey Manor-house—some of his Lancashire neighbours having lent their good offices to reconcile him to the powers that were. He was as firm a Catholic as ever, and as stanch an advocate for the Stuarts and the divine rights of kings; but his religion almost amounted to asceticism, and the conduct of these with whom he had been brought in such close contact at St. Germains would little bear the inspection of a stern moralist. So he

existía en los días de la heptarquía anglosajona[1], e incluso eran un punto de referencia. No era de extrañarse que las ramas más altas y expuestas no tenían hojas y que la corteza muerta se había despegado, pues ya eran viejos y no tenían savia.

No tan lejos de la mansión había unas cuantas cabañas, aparentemente de la misma época en la que se construyó la torre; probablemente construidas para algunos sirvientes de la familia, quienes buscaban refugio —ellos, sus familias y sus pequeños rebaños— en las manos de su señor feudal. Algunas de ellas prácticamente estaban en decadencia. Fueron construidas con un estilo un tanto extraño. Fuertes vigas fueron enterradas firmemente en el terreno con la distancia correcta y sus extremos contrarios fueron atados juntos, de dos en dos, para dar la forma de cúpulas, imitando a las carpas gitanas, solo que mucho más grandes. Entre cada viga se rellenó de barro, piedras, mimbre[2], desperdicios y mortero[3] —lo que funcionase para protegerse del mal tiempo—. Al centro de las viviendas se hacían las fogatas, habiendo un hoyo en el centro del techo que funcionaba como chimenea. Ningún refugio en tierras altas o cabaña irlandesa podría comparársele.

El dueño de esta propiedad, al principio de este siglo, fue el señor Patrick Byrne Starkey. Su familia había mantenido la antigua fe, y eran fieles católicos romanos, quienes consideraban un pecado el casarse con alguien de linaje protestante, sin importar que estuvieran dispuestos a adoptar la religión romana. El padre de Patrick Starkey fue seguidor de Jacobo II y, durante la desastrosa campaña irlandesa de ese monarca, se enamoró de una belleza irlandesa, la señorita Byrne, tan ferviente a su religión y a los Estuardo como él. Él había regresado a Irlanda después de escapar a Francia, y se casó con ella, y la llevó de vuelta a la corte en Saint Germain.

1    La heptarquía anglosajona cubre el periodo de la historia de Inglaterra aproximadamente del 500 al 850 d. C., también conocida como la edad oscura, y se refiere a los siete reinos anglosajones que ocuparon la isla de Gran Bretaña en esa época.
2    Mimbre se refiere a las varas delgadas y flexibles que se obtienen del arbusto mimbre —también conocido como mimbrera—.
3    El mortero es la mezcla que se utiliza para unir materiales, regularmente la mezcla consta de arena, agua y un material conglomerante como la cal.

gave his allegiance where he could not give his esteem, and learned to respect sincerely the upright and moral character of one whom he yet regarded as an usurper. King William's government had little need to fear such a one. So he returned, as I have said, with a sobered heart and impoverished fortunes, to his ancestral house, which had fallen sadly to ruin while the owner had been a courtier, a soldier, and an exile. The roads into the Trough of Bolland were little more than cart-ruts; indeed, the way up to the house lay along a ploughed field before you came to the deer-park. Madam, as the country-folk used to call Mrs. Starkey, rode on a pillion behind her husband, holding on to him with a light hand by his leather riding-belt. Little master (he that was afterwards Squire Patrick Byrne Starkey) was held on to his pony by a serving-man. A woman past middle age walked, with a firm and strong step, by the cart that held much of the baggage; and high up on the mails and boxes, sat a girl of dazzling beauty, perched lightly on the topmost trunk, and swaying herself fearlessly to and fro, as the cart rocked and shook in the heavy roads of late autumn. The girl wore the Antwerp faille, or black Spanish mantle over her head, and altogether her appearance was such that the old cottager, who described the possession to me many years after, said that all the country-folk took her for a foreigner. Some dogs, and the boy who held them in charge, made up the company. They rode silently along, looking with grave, serious eyes at the people, who came out of the scattered cottages to bow or curtsy to the real Squire, "come back at last," and gazed after the little procession with gaping wonder, not deadened by the sound of the foreign language in which the few necessary words that passed among them were spoken. One lad, called from his staring by the Squire to come and help about the cart, accompanied them to the Manor-house. He said that when the lady had descended from her pillion, the middle-aged woman whom I have described as walking while the others rode, stepped quickly forward, and taking Madam Starkey (who was of a slight and delicate figure) in her arms, she lifted her over the threshold, and set her down in her husband's house, at the same time uttering a passionate and outlandish blessing. The Squire stood by, smiling gravely at first; but when the words of blessing were pronounced, he took off his fine feathered hat, and bent his head. The girl with the black mantle stepped onward into the shadow of the dark hall, and kissed the lady's hand; and that was all the lad could tell to the group that gathered round him on his return, eager to hear everything, and to know how much the

Pero cierta licencia de parte de los desenfrenados hombres que rodeaban al rey Jacobo en su exilio había insultado a su bella esposa, y eso lo hizo enojar, así que se mudaron de Saint Germain a Amberes, de donde, unos años más tarde, regresarían silenciosamente hacia la mansión Starkey —algunos de sus vecinos de Lancashire le habrían prestado sus buenos servicios para conciliarle los poderes que le correspondían—. Él se mantuvo tan católico como siempre, y un devoto defensor de los Estuardo, y los derechos divinos de los reyes, pero su religión equivalía casi al ascetismo, y la conducta de aquellos con quien había tenido una relación estrecha en Saint Germain podían apenas soportar la inspección de un moralista puritano. Así que ofreció su lealtad en donde no podía dar su estima y aprendió a respetar sinceramente el carácter recto y moral de quien todavía consideraba como un usurpador. El gobierno del rey Guillermo no tenía por qué temer de alguien como él. Así que regresó, como he dicho, con un sobrio corazón y empobrecidas fortunas a su casa ancestral, la cual tristemente había caído a la ruina mientras el dueño había sido un cortesano, soldado y exiliado. Los caminos hacia el valle de Bolland eran más bien huellas de carreta; ciertamente, el camino hacia la casa se extendía a lo largo de un campo arado antes de llegar al parque de ciervos. *Madam,* como los pueblerinos solían llamar a la señora Starkey, se montaba en el arzón, detrás de su marido, sujetándose ligeramente de su cinturón de cuero. El señorito (quien luego fue el hacendado Patrick Byrne Starkey) era llevado en su poni por un sirviente. Una mujer de mediana edad caminaba, con una pisada fuerte y firme, al lado de la carreta que llevaba gran parte del equipaje, cajas y cartas, y encima de estas estaba sentada una chica de deslumbrante belleza, posada ligeramente en el baúl superior, meciéndose despreocupadamente en un vaivén mientras la carreta se sacudía en los empedernidos caminos de finales de otoño. La chica usaba *faille* de Amberes, o un manto español negro sobre su cabeza, y el conjunto le daba una apariencia de una vieja campesina; quien me describió la propiedad muchos años después me dijo que los pueblerinos creyeron que era extranjera. Algunos perros, y el chico que se hacía cargo de ellos, les hacían compañía. Anduvieron silenciosamente, mirando con ojos sombríos y serios a la gente que salía de sus dispersas cabañas para saludar realizando una reverencia a los hacendados reales —«por fin han venido»— y mirar la pequeña procesión con gran asombro, sin sentirse intimidados por el sonido del idioma extranjero en el que intercambiaban palabras. Un chico fue llamado por el hacendado para que ayudara con la carreta y los acompañara a la mansión. El muchacho dijo que cuando

Squire had given him for his services.

From all I could gather, the Manor-house, at the time of the Squire's return, was in the most dilapidated state. The stout gray walls remained firm and entire; but the inner chambers had been used for all kinds of purposes. The great withdrawing-room had been a barn; the state tapestry-chamber had held wool, and so on. But, by-and-by, they were cleared out; and if the Squire had no money to spend on new furniture, he and his wife had the knack of making the best of the old. He was no despicable joiner; she had a kind of grace in whatever she did, and imparted an air of elegant picturesqueness to whatever she touched. Besides, they had brought many rare things from the Continent; perhaps I should rather say, things that were rare in that part of England—carvings, and crosses, and beautiful pictures. And then, again, wood was plentiful in the Trough of Bolland, and great log-fires danced and glittered in all the dark, old rooms, and gave a look of home and comfort to everything.

Why do I tell you all this? I have little to do with the Squire and Madame Starkey; and yet I dwell upon them, as if I were unwilling to come to the real people with whom my life was so strangely mixed up. Madam had been nursed in Ireland by the very woman who lifted her in her arms, and welcomed her to her husband's home in Lancashire. Excepting for the short period of her own married life, Bridget Fitzgerald had never left her nursling. Her marriage—to one above her in rank—had been unhappy. Her husband had died, and left her in even greater poverty than that in which she was when he had first met with her. She had one child, the beautiful daughter who came riding on the waggon-load of furniture that was brought to the Manor-house. Madame Starkey had taken her again into her service

la señora bajó del arzón, la mujer que iba caminando se acercó rápidamente para cargar entre sus brazos a la señora Starkey (quien tenía una delgada y delicada figura), y la cargó hacia la entrada y la dejó en la casa de su marido, al mismo tiempo que le daba una estrafalaria y apasionada bendición. El hacendado se paró ahí y sonreía sombríamente, pero cuando la mujer daba su bendición, él se quitó su fino sombrero emplumado e inclinó su cabeza. La chica del manto negro se adentró en las sombras del oscuro *hall* y besó la mano de la mujer; eso fue todo lo que el muchacho le pudo contar al impaciente grupo de personas que lo rodeó a su regreso, ansiosos por saber todo lo que había pasado y cuánto le había dado el hacendado por sus servicios.

Por lo que supe, la mansión se encontraba deteriorada cuando el hacendado regresó. Las robustas paredes grises se mantenían firmes y enteras, pero las recámaras interiores habían sido utilizadas para todo tipo de fines. La gran sala de estar se había convertido en un granero, en la cámara de los tapices se guardaba lana, etc. Pero, con el paso del tiempo, despejaron todo; y como el hacendado no tenía dinero para comprar nuevos muebles, él y su esposa tuvieron la habilidad de crear lo mejor de lo que tenían. Él no era un mal carpintero y ella tenía cierta gracia en todo lo que hacía, e impartía un cierto aire de pintoresca elegancia a todo lo que tocaba. Además, habían traído muchos objetos inusuales del continente, quizás debería decir que eran inusuales en esa parte de Inglaterra —esculturas, cruces y bellas pinturas—. Y, eventualmente, la madera volvió a ser abundante en el valle de Bollard otra vez y grandes fogatas danzaban e iluminaban todos los oscuros cuartos viejos, dándole la apariencia de hogar y comodidad a todo.

¿Por qué te cuento todo esto? No tengo mucho que ver con el hacendado y la señora Starkey pero aun así me detengo ante ellos, como si yo fuera renuente a acercarme a las personas reales con las que mi vida estaba extrañamente mezclada. *Madam* había sido cuidada en Irlanda por la misma mujer que la cargó en sus brazos y la dejó en la casa de su marido en Lancashire. A excepción del corto periodo de su vida como casada, Bridget Fitzgerald nunca había dejado su custodia. Su matrimonio —con alguien de un rango superior al de ella— había sido muy infeliz. Su marido había muerto y la dejó en una pobreza aún más grande que en la que ella misma se encontraba antes de conocerlo. Tuvo una hija, la hermosa niña que llegó montando esa carreta de muebles que fue llevada a la mansión Starkey. La señora Starkey le brindó nueva-

when she became a widow. She and her daughter had followed "the mistress" in all her fortunes; they had lived at St. Germains and at Antwerp, and were now come to her home in Lancashire. As soon as Bridget had arrived there, the Squire gave her a cottage of her own, and took more pains in furnishing it for her than he did in anything else out of his own house. It was only nominally her residence. She was constantly up at the great house; indeed, it was but a short cut across the woods from her own home to the home of her nursling. Her daughter Mary, in like manner, moved from one house to the other at her own will. Madam loved both mother and child dearly. They had great influence over her, and, through her, over her husband. Whatever Bridget or Mary willed was sure to come to pass. They were not disliked; for, though wild and passionate, they were also generous by nature. But the other servants were afraid of them, as being in secret the ruling spirits of the household. The Squire had lost his interest in all secular things; Madam was gentle, affectionate, and yielding. Both husband and wife were tenderly attached to each other and to their boy; but they grew more and more to shun the trouble of decision on any point; and hence it was that Bridget could exert such despotic power. But if everyone else yielded to her "magic of a superior mind," her daughter not unfrequently rebelled. She and her mother were too much alike to agree. There were wild quarrels between them, and wilder reconciliations. There were times when, in the heat of passion, they could have stabbed each other. At all other times they both—Bridget especially—would have willingly laid down their lives for one another. Bridget's love for her child lay very deep—deeper than that daughter ever knew; or I should think she would never have wearied of home as she did, and prayed her mistress to obtain for her some situation—as waiting maid—beyond the seas, in that more cheerful continental life, among the scenes of which so many of her happiest years had been spent. She thought, as youth thinks, that life would last for ever, and that two or three years were but a small portion of it to pass away from her mother, whose only child she was. Bridget thought differently, but was too proud ever to show what she felt. If her child wished to leave her, why—she should go. But people said Bridget became ten years older in the course of two months at this time. She took it that Mary wanted to leave her. The truth was, that Mary wanted for a time to leave the place, and to seek some change, and would thankfully have taken her mother with her. Indeed when Madam Starkey had gotten her a

mente trabajo cuando enviudó. Ella y su hija habían seguido a la señora con toda su fortuna, habían vivido en Saint Germain y en Amberes y eran ahora llevadas a su casa en Lancashire. Tan pronto como Bridget llegó, el hacendado le dio su propia cabaña y se esforzó más por amueblarla como si fuera su propia casa. Pero rara vez se encontraba en su residencia. Ella estaba constantemente en la mansión, ciertamente era un corto camino entre el bosque de su casa hasta la casa de su custodia. Su hija Mary, de la misma manera, se movía de una casa a otra a voluntad propia. *Madam* amaba a ambas profundamente. Ellas tenían una gran influencia sobre ella y, a través de ella, sobre su marido. Lo que fuera la voluntad de Bridget o de Mary se cumplía sin duda. No eran desagradables: aunque apasionadas y salvajes, eran generosas por naturaleza. Pero los demás sirvientes las temían, pues eran en secreto quienes mandaban en la mansión. El hacendado había perdido el interés en todo asunto mundano, y *madam* era amable, afectuosa y flexible. Ambos, el marido y la esposa estaban apegados cálidamente entre ellos y a su hijo, pero evitaban cada vez más y más la molestia de tomar decisiones de cualquier tipo y por consiguiente era Bridget quien podía ejercer tal despótico poder. Pero si todos los demás cedían ante la «magia de una mente superior» su hija frecuentemente se rebelaba. Ella y su madre eran tan parecidas que rara vez estaban de acuerdo. Hubo riñas entre ellas que eran brutales y sus reconciliaciones lo eran aún más. Había ocasiones en las que, en cualquier arrebato, pudieron haberse apuñalado. En otras ocasiones, ambas, en especial Bridget, hubieran dado la vida la una por la otra. El amor que Bridget le tenía a su hija era muy profundo, mucho más de lo que su hija sabía, o yo creería que nunca se habría cansado de su hogar como lo hizo y no le habría rogado a su señora que le obtuviera algún empleo como dama de compañía, más allá del mar, en una vida continental más alegre, y viviendo los momentos que serían los años más felices de su vida. Ella pensó, como la mayoría lo hace en la juventud, que la vida era eterna y que dos o tres años eran solo una pequeña parte de su vida para pasar lejos de su madre, de quien era su única hija. Bridget pensaba distinto, pero era demasiado orgullosa como para mostrar cómo se sentía en realidad. Si su hija deseaba dejarla, bueno... debería irse. Pero la gente decía que Bridget envejeció diez años al cabo de dos meses. Ella creyó que Mary deseaba dejarla, la realidad era que Mary deseaba dejar el lugar por un tiempo, y encontrar un cambio, y hubiera estado encantada de llevarse a su madre con ella. Ciertamente, la señora Starkey le había conseguido un empleo con una gran dama en el extranjero, y cuando el tiempo para

situation with some grand lady abroad, and the time drew near for her to go, it was Mary who clung to her mother with passionate embrace, and, with floods of tears, declared that she would never leave her; and it was Bridget, who at last loosened her arms, and, grave and tearless herself, bade her keep her word, and go forth into the wide world. Sobbing aloud, and looking back continually, Mary went away. Bridget was still as death, scarcely drawing her breath, or closing her stony eyes; till at last she turned back into her cottage, and heaved a ponderous old settle against the door. There she sat, motionless, over the gray ashes of her extinguished fire, deaf to Madam's sweet voice, as she begged leave to enter and comfort her nurse. Deaf, stony, and motionless, she sat for more than twenty hours; till, for the third time, Madam came across the snowy path from the great house, carrying with her a young spaniel, which had been Mary's pet up at the hall; and which had not ceased all night long to seek for its absent mistress, and to whine and moan after her. With tears Madam told this story, through the closed door—tears excited by the terrible look of anguish, so steady, so immovable—so the same to-day as it was yesterday—on her nurse's face. The little creature in her arms began to utter its piteous cry, as it shivered with the cold. Bridget stirred; she moved—she listened. Again that long whine; she thought it was for her daughter; and what she had denied to her nursling and mistress she granted to the dumb creature that Mary had cherished. She opened the door, and took the dog from Madam's arms. Then Madam came in, and kissed and comforted the old woman, who took but little notice of her or anything. And sending up Master Patrick to the hall for fire and food, the sweet young lady never left her nurse all that night. Next day, the Squire himself came down, carrying a beautiful foreign picture—Our Lady of the Holy Heart, the Papists call it. It is a picture of the Virgin, her heart pierced with arrows, each arrow representing one of her great woes. That picture hung in Bridget's cottage when I first saw her; I have that picture now.

Years went on. Mary was still abroad. Bridget was still and stern, instead of active and passionate. The little dog, Mignon, was indeed her darling. I have heard that she talked to it continually; although, to most people, she was so silent. The Squire and Madam treated her with the greatest consideration, and well they might; for to them she was as devoted and faithful as ever. Mary wrote pretty often, and seemed satisfied with her life. But at length the letters ceased—I

que ella se fuera se acercaba, Mary fue quien se aferró a su madre con un apasionado abrazo y desbordándose en lágrimas, declaró que nunca la dejaría, pero fue Bridget quien detuvo el abrazo; seria y sin derramar una sola lágrima le pidió que cumpliera su palabra y se adentrara al mundo real. Sollozando fuertemente y mirando constantemente hacia atrás, Mary se fue. Bridget seguía completamente seria, a duras penas respiraba o cerraba sus vacíos ojos, hasta que regresó a su cabaña, y se posó pesadamente contra la puerta.

Ahí se sentó, sin moverse en lo absoluto, frente a las grises cenizas del extinguido fuego, sorda ante la dulce voz de *madam,* esa dulce voz que le rogaba que le dejara entrar para consolarla. Estuvo sentada ahí por más de veinte horas, sorda, inmóvil e impasible, hasta que la señora Starkey caminó por la nevada vereda por tercera vez hacia la cabaña, cargando el pequeño spaniel que había sido la mascota de Mary y que había estado buscando sin cesar a su ausente dueña, llorando y gimoteando por ella. *Madam* le contó entre lágrimas esta historia a través de la puerta —lágrimas provocadas por esa terrible mirada llena de angustia, tan firme e impasible, la misma que el día anterior, en el rostro de su nana—. Esa pequeña criatura comenzó a llorar lastimosamente mientras temblaba por el frío. Bridget reaccionó; ella se movió, escuchó. En aquel largo lamento, ella pensó que era su hija, y lo que le había negado a su custodia y señora se lo concedió a la tonta criatura que Mary había adorado. Bridget abrió la puerta y le quitó el perrito de los brazos, *madam* entró, besó y consoló a la vieja mujer, quien le prestó muy poca atención. Y envió al señor Patrick al *hall* por leña y comida, y la dulce mujer no dejó a su nana sola ni un solo momento en esa noche. Al día siguiente, el mismo hacendado bajó, cargando un bello cuadro extranjero —«Nuestra Señora del Sagrado Corazón», así la llaman los papistas—. Era la imagen de la Virgen, su corazón lleno de flechas, cada una representando sus grandes penas. Esa imagen que se encontraba colgada en la cabaña de Bridget cuando la conocí, la tengo yo actualmente.

Los años pasaron. Mary seguía en el extranjero. Bridget pasó de ser una persona activa y apasionada a ser rígida e indolente. El pequeño perro, Mignon, era sin duda su adoración. He escuchado que le hablaba todo el tiempo, aunque era muy callada con la gente. El hacendado y su señora la trataban con máxima consideración, y con razón, pues ella les seguía siendo tan devota y fiel como siempre. Mary le escribía seguido, parecía que estaba satisfecha con su vida. Pero con el tiempo las car-

hardly know whether before or after a great and terrible sorrow came upon the house of the Starkeys. The Squire sickened of a putrid fever; and Madam caught it in nursing him, and died. You may be sure, Bridget let no other woman tend her but herself; and in the very arms that had received her at her birth, that sweet young woman laid her head down, and gave up her breath. The Squire recovered, in a fashion. He was never strong—he had never the heart to smile again. He fasted and prayed more than ever; and people did say that he tried to cut off the entail, and leave all the property away to found a monastery abroad, of which he prayed that some day little Squire Patrick might be the reverend father. But he could not do this, for the strictness of the entail and the laws against the Papists. So he could only appoint gentlemen of his own faith as guardians to his son, with many charges about the lad's soul, and a few about the land, and the way it was to be held while he was a minor. Of course, Bridget was not forgotten. He sent for her as he lay on his death-bed, and asked her if she would rather have a sum down, or have a small annuity settled upon her. She said at once she would have a sum down; for she thought of her daughter, and how she could bequeath the money to her, whereas an annuity would have died with her. So the Squire left her her cottage for life, and a fair sum of money. And then he died, with as ready and willing a heart as, I suppose, ever any gentleman took out of this world with him. The young Squire was carried off by his guardians, and Bridget was left alone.

I have said that she had not heard from Mary for some time. In her last letter, she had told of travelling about with her mistress, who was the English wife of some great foreign officer, and had spoken of her chances of making a good marriage, without naming the gentleman's name, keeping it rather back as a pleasant surprise to her mother; his station and fortune being, as I had afterwards reason to know, far superior to anything she had a right to expect. Then came a long silence; and Madam was dead, and the Squire was dead; and Bridget's heart was gnawed by anxiety, and she knew not whom to ask for news of her child. She could not write, and the Squire had managed her communication with her daughter. She walked off to Hurst; and got a good priest there—one whom she had known at Antwerp—to write for her. But no answer came. It was like crying into the awful stillness of night.

tas cesaron, no sé con certeza si fue antes o después de esto, pero una terrible pena llegó a la mansión Starkey. El hacendado se enfermó de una pútrida fiebre, y *madam* se contagió mientras lo cuidaba, y murió. Puedes estar seguro de que Bridget no dejó que ninguna otra mujer se ocupara de ella; en los mismos brazos que la recibieron en su nacimiento, esa dulce y joven mujer recostó su cabeza y dio su último aliento. El hacendado se recuperó, de cierto modo. No volvió a estar fuerte, nunca tuvo el corazón para sonreír otra vez. Ayunaba y rezaba más que nunca, y las personas decían que intentó dejar su patrimonio, dejar la propiedad y fundar un monasterio en el extranjero, por el que oraba para que algún día el pequeño Patrick se convirtiera en el reverendo padre. Pero no podía hacer eso por la rigurosidad del linaje y las leyes contra los papistas. Así que solo podía designar hombres de su confianza para que fueran los guardianes de su hijo, con muchas responsabilidades sobre el alma del muchacho y otros tantos sobre la propiedad, y la manera en que todo se mantendría mientras todavía era un menor de edad. Por supuesto, no se olvidó de Bridget. La mandó a llamar cuando yacía en su lecho de muerte, y le preguntó si deseaba que se le designara una suma unitaria o una pequeña anualidad. Ella le dijo que deseaba recibir la suma, pues pensó en su hija y como podría legarle esa suma, mientras que una anualidad hubiera muerto con ella. Así que el hacendado le dejó a su nombre la cabaña donde vivía y una considerable suma de dinero. Y luego murió, con un corazón tan listo y dispuesto, supongo, como el de cualquier caballero que se haya ido de este mundo jamás. El joven hacendado fue llevado por sus guardianes, dejando a Bridget sola.

Como he dicho, ella no había escuchado nada de Mary por un tiempo. En sus últimas cartas, le había contado que viajaría con su señora, quien era la esposa inglesa de un gran oficial extranjero, y había hablado sobre las posibilidades de casarse con un hombre importante, de quien no dio nombre, manteniéndolo más bien como una agradable sorpresa para su madre; su puesto y fortuna eran, como después tuve razón de saber, superiores a lo que ella hubiera podido esperar. Y luego vino un largo silencio, *madam* había muerto, al igual que el hacendado, y el corazón de Bridget se carcomía de la ansiedad, y ella no sabía a quién preguntarle por noticias de su hija. Ella no sabía escribir, el hacendado había sido quien le ayudaba a entablar la comunicación con su hija. Ella se dirigió a Hurst, y encontró a un buen sacerdote ahí —alguien que había conocido en Amberes— para que le ayudara a escribir. Pero no obtuvo ninguna respuesta. Era como llorarle al terrible silencio de la noche.

One day, Bridget was missed by those neighbours who had been accustomed to mark her goings-out and comings-in. She had never been sociable with any of them; but the sight of her had become a part of their daily lives, and slow wonder arose in their minds, as morning after morning came, and her house-door remained closed, her window dead from any glitter, or light of fire within. At length, some one tried the door; it was locked. Two or three laid their heads together, before daring to look in through the blank unshuttered window. But, at last, they summoned up courage; and then saw that Bridget's absence from their little world was not the result of accident or death, but of premeditation. Such small articles of furniture as could be secured from the effects of time and damp by being packed up, were stowed away in boxes. The picture of the Madonna was taken down, and gone. In a word, Bridget had stolen away from her home, and left no trace whither she was departed. I knew afterwards, that she and her little dog had wandered off on the long search for her lost daughter. She was too illiterate to have faith in letters, even had she had the means of writing and sending many. But she had faith in her own strong love, and believed that her passionate instinct would guide her to her child. Besides, foreign travel was no new thing to her, and she could speak enough of French to explain the object of her journey, and had, moreover, the advantage of being, from her faith, a welcome object of charitable hospitality at many a distant convent. But the country people round Starkey Manor-house knew nothing of all this. They wondered what had become of her, in a torpid, lazy fashion, and then left off thinking of her altogether. Several years passed. Both Manor-house and cottage were deserted. The young Squire lived far away under the direction of his guardians. There were inroads of wool and corn into the sitting-rooms of the Hall; and there was some low talk, from time to time, among the hinds and country people whether it would not be as well to break into old Bridget's cottage, and save such of her goods as were left from the moth and rust which must be making sad havoc. But this idea was always quenched by the recollection of her strong character and passionate anger; and tales of her masterful spirit, and vehement force of will, were whispered about, till the very thought of offending her, by touching any article of hers, became invested with a kind of horror: it was believed that, dead or alive, she would not fail to avenge it.

Suddenly she came home; with as little noise or note of prepara-

Un día, la ausencia de Bridget fue notada por sus vecinos, quienes se habían acostumbrado a verla salir y entrar a su casa. Ella nunca había sido sociable con ninguno de ellos, pero verla pasar se había convertido en parte de su vida diaria, y una lenta angustia surgió en sus mentes, a medida que las mañanas pasaban y que la puerta de su cabaña se mantuvo cerrada, su ventana no emanaba luz en su interior. Un tiempo después, alguien intentó abrir la puerta, pero estaba cerrada. Dos o tres personas se juntaron, pero no se atrevían a mirar por la ventana. Cuando finalmente juntaron el coraje y miraron, se dieron cuenta que la ausencia de Bridget no era resultado de un accidente o muerte, más bien fue premeditado. Pequeñas piezas y muebles que podían ser protegidos de los efectos del tiempo y la humedad fueron empacados, guardados en cajas. La imagen de la madona fue retirada de la pared y había desaparecido. En otras palabras, Bridget se había escabullido y se fue sin dejar un rastro de su partida. Supe después que ella y el pequeño Mignon se habían adentrado a una larga búsqueda para encontrar a su hija perdida. Era demasiado analfabeta como para tenerle fe a las cartas, incluso si hubiera tenido los medios necesarios para escribir y enviar muchas. Pero tenía fe en su gran amor y creía que su apasionado instinto la guiaría hasta su hija. Además, viajar en el extranjero no era algo nuevo para ella, sabia el francés suficiente como para explicar el motivo de su viaje, y encima, tenía la ventaja de que, por su fe, era objeto de bienvenida a la caritativa hospitalidad de muchos conventos en la distancia. Pero los campesinos que rodeaban la mansión Starkey no sabían nada de esto. Se preguntaban qué le había pasado, en una manera torpe y perezosa, para luego dejar de pensar en ella en lo absoluto. Muchos años pasaron. Ambas, la mansión y la cabaña estaban desiertas. El joven escudero ahora vivía muy lejos bajo el cuidado de sus guardias. Se llenaron de lana y maíz las salas de estar del Hall, y de vez en cuando había conversaciones entre la gente de campo, acerca de si debieran o no allanar la vieja cabaña de Bridget, y tomar los bienes que había dejado antes de que fueran invadidos por las polillas y se oxidaran, lo cual hubiera causado un triste enredo. Pero la idea siempre era aplastada por el recuerdo de su fuerte carácter y su apasionada ira; se rumoreaban historias de su espíritu magistral y su intensa fuerza de voluntad, hasta se creía que el simple pensamiento de ofenderla al tomar sus pertenencias traería consigo una especie de terror: se creía que viva o muerta, no fallaría en vengarse.

De repente regresó a casa, tan sigilosamente como cuando se fue. Un

tion as she had departed. One day some one noticed a thin, blue curl of smoke ascending from her chimney. Her door stood open to the noonday sun; and, ere many hours had elapsed, some one had seen an old travel-and-sorrow-stained woman dipping her pitcher in the well; and said, that the dark, solemn eyes that looked up at him were more like Bridget Fitzgerald's than any one else's in this world; and yet, if it were she, she looked as if she had been scorched in the flames of hell, so brown, and scared, and fierce a creature did she seem. By-and-by many saw her; and those who met her eye once cared not to be caught looking at her again. She had got into the habit of perpetually talking to herself; nay, more, answering herself, and varying her tones according to the side she took at the moment. It was no wonder that those who dared to listen outside her door at night believed that she held converse with some spirit; in short, she was unconsciously earning for herself the dreadful reputation of a witch.

Her little dog, which had wandered half over the Continent with her, was her only companion; a dumb remembrancer of happier days. Once he was ill; and she carried him more than three miles, to ask about his management from one who had been groom to the last Squire, and had then been noted for his skill in all diseases of animals. Whatever this man did, the dog recovered; and they who heard her thanks, intermingled with blessings (that were rather promises of good fortune than prayers), looked grave at his good luck when, next year, his ewes twinned, and his meadow-grass was heavy and thick.

Now it so happened that, about the year seventeen hundred and eleven, one of the guardians of the young squire, a certain Sir Philip Tempest, bethought him of the good shooting there must be on his ward's property; and in consequence he brought down four or five gentlemen, of his friends, to stay for a week or two at the Hall. From all accounts, they roystered and spent pretty freely. I never heard any of their names but one, and that was Squire Gisborne's. He was hardly a middle-aged man then; he had been much abroad, and there, I believe, he had known Sir Philip Tempest, and done him some service. He was a daring and dissolute fellow in those days: careless and fearless, and one who would rather be in a quarrel than out of it. He had his fits of ill-temper besides, when he would spare neither man

día, alguien notó que un fino hilo de humo azul ascendía desde su chimenea. Su puerta se abrió durante el sol del mediodía, y antes de que transcurrieran muchas horas, alguien vio una anciana, marcada por los viajes y el dolor, llenando su cántaro en el pozo; y dijo que los oscuros y solemnes ojos que lo habían visto eran los más parecidos a los de Bridget Fitzgerald que a los de cualquier otra persona en el mundo, y aun si era ella, se veía como si hubiera sido quemada en las flamas del mismo infierno; parecía una criatura tan jorobada, asustada y feroz. Al poco tiempo muchos la habían visto, y una vez que la miraban a los ojos no se volvían a preocupar por ser atrapados mirándola nuevamente. Ella había desarrollado el hábito de hablar constantemente sola, es más, de responderse a ella misma, cambiando el tono que usaba de acuerdo con el lado que tomaba en el momento. No era de extrañarse que quienes se atrevían a escuchar fuera de su puerta creían que sostenía conversaciones con espíritus; en resumen, inconscientemente se estaba ganando la terrible reputación de bruja.

Su pequeño perro, que había deambulado por medio continente con ella, era su única compañía, el único recuerdo de sus días más felices. Hubo una vez en la que el pequeño enfermó, y ella lo cargó por más de tres millas para preguntar por los servicios de quien fue mozo del último hacendado, y que era reconocido por sus habilidades para sanar enfermedades en los animales. Lo que sea que el hombre hizo, el perro logró recuperarse; y quien escuchó sus agradecimientos, entremezclados con bendiciones (que eran más bien promesas de buena fortuna), miró seriamente su buena suerte cuando, al año siguiente, sus ovejas parieron gemelos y el pasto de su campo se volvió abundante y espeso.

Ahora bien, alrededor del año mil setecientos once, uno de los guardianes del joven hacendado, un tal sir Philip Tempest, consideró que una buena cacería debía ser realizada en la propiedad de su custodio, y por consecuente, llevó a cuatro o cinco hombres, amigos suyos, a quedarse por una semana o dos en el Hall. Se cuenta que se divirtieron y gastaron con mucha libertad. Nunca supe sus nombres, a excepción de uno, y ese fue el del hacendado Gisborne. Él era apenas un hombre de mediana edad, la mayor parte de su vida había estado en el extranjero, y ahí, tengo entendido, que fue donde conoció a sir Philip Tempest, y le brindó algunos servicios. Él era un hombre depravado y desafiante en ese entonces, despreocupado e intrépido; alguien que preferiría ser parte de una pelea. También tenía un muy mal temperamento y no per-

nor beast. Otherwise, those who knew him well, used to say he had a good heart, when he was neither drunk, nor angry, nor in any way vexed. He had altered much when I came to know him.

One day, the gentlemen had all been out shooting, and with but little success, I believe; anyhow, Mr. Gisborne had none, and was in a black humour accordingly. He was coming home, having his gun loaded, sportsman-like, when little Mignon crossed his path, just as he turned out of the wood by Bridget's cottage. Partly for wantonness, partly to vent his spleen upon some living creature. Mr. Gisborne took his gun, and fired—he had better have never fired gun again, than aimed that unlucky shot, he hit Mignon, and at the creature's sudden cry, Bridget came out, and saw at a glance what had been done. She took Mignon up in her arms, and looked hard at the wound; the poor dog looked at her with his glazing eyes, and tried to wag his tail and lick her hand, all covered with blood. Mr. Gisborne spoke in a kind of sullen penitence:

"You should have kept the dog out of my way—a little poaching varmint."

At this very moment, Mignon stretched out his legs, and stiffened in her arms—her lost Mary's dog, who had wandered and sorrowed with her for years. She walked right into Mr. Gisborne's path, and fixed his unwilling, sullen look, with her dark and terrible eye.

"Those never throve that did me harm," said she. "I'm alone in the world, and helpless; the more do the saints in heaven hear my prayers. Hear me, ye blessed ones! hear me while I ask for sorrow on this bad, cruel man. He has killed the only creature that loved me—the dumb beast that I loved. Bring down heavy sorrow on his head for it, O ye saints! He thought that I was helpless, because he saw me lonely and poor; but are not the armies of heaven for the like of me?"

"Come, come," said he, half remorseful, but not one whit afraid. "Here's a crown to buy thee another dog. Take it, and leave off cursing! I care none for thy threats."

donaba ni a los hombres ni a los animales. Por otra parte, quienes lo llegaron a conocer bien solían decir que tenía un buen corazón, cuando no estaba borracho, o enojado, o irritado de alguna manera. Él había cambiado mucho cuando lo conocí.

Un día, los caballeros habían estado cazando, con poco éxito, según supe; de cualquier modo, el señor Gisborne no había atrapado nada y, por tanto, estaba de un humor de perros. Él estaba regresando a casa, con su arma cargada, como un buen deportista, cuando el pequeño Mignon se cruzó en su camino, justo cuando salía del bosque junto a la cabaña de Bridget. Por una parte, por perversidad, y por otra parte para descargar su rabia en algún ser vivo, el señor Gisborne tomó su arma y disparó —hubiera sido mejor que nunca hubiera disparado—, ese desafortunado disparo le dio a Mignon, Bridget salió debido al repentino llanto de la criatura y vio lo que él había hecho. Bridget tomó a Mignon entre sus brazos y miró fijamente la herida; el pobre perro la miraba con cristalinos ojos, trató de menear su cola y lamer su mano, que se encontraba llena de sangre. El señor Gisborne habló con cierta penitencia:

—Debió de mantener a ese perro fuera de mi vista; una pequeña alimaña para ser cazada.

En ese mismo instante, Mignon estiró sus patas y se puso rígido en sus brazos —el perro de su perdida Mary, aquel animal que había deambulado y había compartido su tristeza con ella por años—. Ella se interpuso en el camino del señor Gisborne y fijó su renuente y taciturna vista con sus terribles y oscuros ojos.

—Quienes me dañaron nunca progresaron —dijo ella—. Estoy sola en este mundo, desolada; por esa razón los santos en el cielo escuchan mis súplicas. ¡Escúchenme, benditos! Escúchenme mientras pido dolor para este cruel y malvado hombre. Él ha matado a la única criatura que me ha amado, a la torpe criatura que yo amaba. ¡Que caiga gran pena en sus hombros por lo que hizo! ¡Oh, santos! Él pensó que yo estaba desamparada, pues me vio pobre y sola, ¿pero acaso el ejército del cielo no está para alguien como yo?

—Ay, venga acá —dijo él, en parte arrepentido, pero sin una pizca de miedo—. Aquí hay una corona para que se compre otro perro. ¡Tómela y deje de maldecirme! No me importan sus amenazas.

"Don't you?" said she, coming a step closer, and changing her imprecatory cry for a whisper which made the gamekeeper's lad, following Mr. Gisborne, creep all over. "You shall live to see the creature you love best, and who alone loves you—ay, a human creature, but as innocent and fond as my poor, dead darling—you shall see this creature, for whom death would be too happy, become a terror and a loathing to all, for this blood's sake. Hear me, O holy saints, who never fail them that have no other help!"

She threw up her right hand, filled with poor Mignon's life-drops; they spirted, one or two of them, on his shooting-dress,—an ominous sight to the follower. But the master only laughed a little, forced, scornful laugh, and went on to the Hall. Before he got there, however, he took out a gold piece, and bade the boy carry it to the old woman on his return to the village. The lad was "afeared," as he told me in after years; he came to the cottage, and hovered about, not daring to enter. He peeped through the window at last; and by the flickering wood-flame, he saw Bridget kneeling before the picture of Our Lady of the Holy Heart, with dead Mignon lying between her and the Madonna. She was praying wildly, as her outstretched arms betokened. The lad shrunk away in redoubled terror; and contented himself with slipping the gold piece under the ill-fitting door. The next day it was thrown out upon the midden; and there it lay, no one daring to touch it.

Meanwhile Mr. Gisborne, half curious, half uneasy, thought to lessen his uncomfortable feelings by asking Sir Philip who Bridget was? He could only describe her—he did not know her name. Sir Philip was equally at a loss. But an old servant of the Starkeys, who had resumed his livery at the Hall on this occasion—a scoundrel whom Bridget had saved from dismissal more than once during her palmy days—said:—

"It will be the old witch, that his worship means. She needs a ducking, if ever a woman did, does that Bridget Fitzgerald."

"Fitzgerald!" said both the gentlemen at once. But Sir Philip was

—¿Ah, no? —dijo ella, acercándosele un poco más, dejando atrás su imprecatorio llanto, convirtiéndolo en un susurro que hizo que el joven guardabosques que estaba siguiendo al señor Gisborne se asustara inmensamente—. Deberá vivir lo suficiente para ver que la criatura que más ama, y quien solo le ama a usted... sí, una criatura humana, pero que sea tan inocente y afectuosa como mi pobre tesoro ya difunto... verá a esa criatura, para quien la muerte será algo demasiado feliz, convertirse en un terror y un estorbo para todos, gracias a esta sangre que hoy derramó. ¡Oh, escúchenme, santos, quienes nunca le fallan a los desamparados!

Bridget alzó su mano derecha, llena de la sangre del pobre Mignon, y un par de gotas cayeron en el uniforme de caza de él —una siniestra visión para el seguidor—. Pero Gisborne solo se rio con una pequeña, forzada, despreciable risa, y se adentró en el Hall. Sin embargo, antes de entrar, sacó una moneda de oro y le pidió al guardabosques que se la entregara a la vieja mujer cuando regresara al pueblo. El joven estaba aterrorizado —pues así me lo contó años después—; llegó a la cabaña, dando vueltas sin atreverse a entrar. Finalmente, se asomó a través de la ventana, y cerca de la titilante fogata, vio a Bridget arrodillarse frente a la imagen de Nuestra Señora del Sagrado Corazón, con el difunto Mignon yaciendo entre ella y la madona. Rezaba fervorosamente, haciendo presagios con sus brazos extendidos. El joven se retrajo, totalmente aterrorizado, y terminó dejando la moneda de oro bajo su puerta endeble. Al día siguiente la moneda de oro fue tirada en medio del pueblo, pero nadie se atrevió a tomarla.

Mientras tanto el señor Gisborne, un tanto curioso e incómodo, pensó en aliviar su inquietud al preguntarle a sir Philip quién era Bridget. El solo podía describirla, pues desconocía su nombre. Pero sir Philip estaba igual de perdido. Pero un viejo sirviente de los Starkey, quien recientemente había retomado su puesto en el Hall —un canalla a quien Bridget le había salvado del despido más de una vez en su gloriosa época— dijo:

—Debe ser esa vieja bruja a quien usted se refiere. Necesitan hacerle una sumersión, como nunca se la han hecho a ninguna otra mujer, esa Bridget Fitzgerald.

—¡Fitzgerald! —dijeron ambos hombres al mismo tiempo. Pero sir

the first to continue:—

"I must have no talk of ducking her, Dickon. Why, she must be the very woman poor Starkey bade me have a care of; but when I came here last she was gone, no one knew where. I'll go and see her to-morrow. But mind you, sirrah, if any harm comes to her, or any more talk of her being a witch—I've a pack of hounds at home, who can follow the scent of a lying knave as well as ever they followed a dog-fox; so take care how you talk about ducking a faithful old servant of your dead master's."

"Had she ever a daughter?" asked Mr. Gisborne, after a while.

"I don't know—yes! I've a notion she had; a kind of waiting woman to Madam Starkey."

"Please your worship," said humbled Dickon, "Mistress Bridget had a daughter—one Mistress Mary—who went abroad, and has never been heard on since; and folk do say that has crazed her mother."

Mr. Gisborne shaded his eyes with his hand.

"I could wish she had not cursed me," he muttered. "She may have power—no one else could." After a while, he said aloud, no one understanding rightly what he meant, "Tush! it is impossible!"—and called for claret; and he and the other gentlemen set-to to a drinking-bout.

Philip fue el primero en continuar:

—No se le hará ninguna sumersión, Dickon. Esta debe ser la pobre mujer que Starkey me pidió que cuidara, pero cuando regresé ella se había ido, nadie sabía a donde. La iré a ver mañana. Pero tenga en cuenta, señor, si alguien se atreve a hacerle daño —o si siguen hablando de que es una bruja— tengo una manada de sabuesos en casa que pueden seguir el rastro de cualquier canalla mentiroso tan bien como siguen a un zorro, así que tenga cuidado con como habla de hacerle una sumersión a una fiel y vieja sirviente de su difunto amo.

—¿Ella tuvo una hija? —preguntó el señor Gisborne, después de un tiempo.

—No lo sé... ¡Sí! Tengo la noción de que la tuvo, era una especie de dama de compañía de la señora Starkey.

—Si me permite, señor —dijo Dickon apenado—, la señora Bridget tuvo una hija, la señorita Mary, quien se fue al extranjero y de la que no se ha sabido nada desde entonces; los campesinos dicen que eso es lo que enloqueció a su madre.

El señor Gisborne se cubrió los ojos con su mano.

—Desearía que ella no me hubiera maldecido —dijo en voz baja—. Puede que ella tenga poder, un poder que nadie más podría tener. —Al cabo de un rato, dijo en voz alta, aunque nadie entendió a lo que realmente se refería—: ¡Bah! ¡Es imposible! —y pidió clarete; y él y los otros hombres se pusieron a beber.

## CHAPTER II

I now come to the time in which I myself was mixed up with the people that I have been writing about. And to make you understand how I became connected with them, I must give you some little account of myself. My father was the younger son of a Devonshire gentleman of moderate property; my eldest uncle succeeded to the estate of his forefathers, my second became an eminent attorney in London, and my father took orders. Like most poor clergymen, he had a large family; and I have no doubt was glad enough when my London uncle, who was a bachelor, offered to take charge of me, and bring me up to be his successor in business.

In this way I came to live in London, in my uncle's house, not far from Gray's Inn, and to be treated and esteemed as his son, and to labour with him in his office. I was very fond of the old gentleman. He was the confidential agent of many country squires, and had attained to his present position as much by knowledge of human nature as by knowledge of law; though he was learned enough in the latter. He used to say his business was law, his pleasure heraldry. From his intimate acquaintance with family history, and all the tragic courses of life therein involved, to hear him talk, at leisure times, about any coat of arms that came across his path was as good as a play or a romance. Many cases of disputed property, dependent on a love of genealogy, were brought to him, as to a great authority on such points. If the lawyer who came to consult him was young, he would take no fee, only give him a long lecture on the importance of attending to heraldry; if the lawyer was of mature age and good standing, he would mulct him pretty well, and abuse him to me afterwards as negligent of one great branch of the profession. His house was in a stately new street called Ormond Street, and in it he had a handsome library; but all the books treated of things that were past; none of them planned or looked forward into the future. I worked away—partly for the sake of my family at home, partly because my uncle had really taught me to enjoy the kind of practice in which he himself took such delight. I suspect I worked too hard; at any rate, in seventeen hundred and eighteen I was far from well, and my good uncle was disturbed by my ill looks.

CAPITULO II

Ha llegado el momento en el que yo mismo me vi envuelto en la vida de estas personas de las que he estado escribiendo. Y para hacer que entiendas cómo me vi conectado a ellos, debo contarte un poco de mi vida. Mi padre fue el hijo menor de un hombre de Devonshire con moderadas propiedades, su hermano mayor fue quien heredó las propiedades de la familia, el segundo hijo mayor se convirtió en un eminente abogado en Londres, y mi padre acataba órdenes. Como la mayoría de los clérigos pobres, tuvo una gran familia, no tengo duda de lo agradecido que estoy que mi tío londinense, quien era soltero, se ofreciera a hacerse cargo de mí y criarme para que me convirtiera en el sucesor de su negocio.

Fue de este modo que me fui a vivir a Londres a la casa de mi tío, cerca del Gray's Inn, y fui tratado y considerado como su hijo, trabajando con él en su oficina. Le tuve un gran cariño a este viejo hombre. Él era el agente confidencial de muchos hacendados en el país, y obtuvo su posición gracias a sus conocimientos sobre la naturaleza humana y sobre la ley, sobre todo era muy instruido en eso último. Él solía decir que su negocio era la ley y que su placer era la heráldica[4]. Debido a su íntimo conocimiento de la historia familiar y de todos los trágicos cursos en los que la vida se veía involucrada, oírlo hablar en sus ratos libres acerca de los escudos de armas que se cruzaban en su camino era igual de divertido que ver una obra de teatro o leer una novela. Se le presentaban muchos casos donde se disputaban propiedades, que dependían del amor a la genealogía, pues él era una gran autoridad en esos casos. Si el abogado que llegaba a consultarle era joven, no cobraba honorarios, y solo le daría una gran lección acerca de la importancia de atender a la heráldica, si el abogado era mayor y tenía una buena posición, lo multaba bastante bien y luego lo insultaba frente a mí por descuidar una gran rama de la profesión. Su casa se encontraba en una nueva y majestuosa calle llamada Ormond, y en ella tenía una magnífica biblioteca, pero todos los libros trataban temas del pasado, ninguno de ellos planeaba o miraba hacia el futuro. Yo trabajé diligentemente, en parte por el bien de mi familia, pero también porque mi tío me enseñó el placer de disfrutar la práctica con la que él mismo se deleitaba. Supongo que trabajé muy duro; de todas formas, en mil setecientos dieciocho, yo estaba lejos

4    La heráldica es el estudio de los escudos de armas, la historia y simbología detrás de ellos.

One day, he rang the bell twice into the clerk's room at the dingy office in Grey's Inn Lane. It was the summons for me, and I went into his private room just as a gentleman—whom I knew well enough by sight as an Irish lawyer of more reputation than he deserved—was leaving.

My uncle was slowly rubbing his hands together and considering. I was there two or three minutes before he spoke. Then he told me that I must pack up my portmanteau that very afternoon, and start that night by post-horse for West Chester. I should get there, if all went well, at the end of five days' time, and must then wait for a packet to cross over to Dublin; from thence I must proceed to a certain town named Kildoon, and in that neighbourhood I was to remain, making certain inquiries as to the existence of any descendants of the younger branch of a family to whom some valuable estates had descended in the female line. The Irish lawyer whom I had seen was weary of the case, and would willingly have given up the property, without further ado, to a man who appeared to claim them; but on laying his tables and trees before my uncle, the latter had foreseen so many possible prior claimants, that the lawyer had begged him to undertake the management of the whole business. In his youth, my uncle would have liked nothing better than going over to Ireland himself, and ferreting out every scrap of paper or parchment, and every word of tradition respecting the family. As it was, old and gouty, he deputed me.

Accordingly, I went to Kildoon. I suspect I had something of my uncle's delight in following up a genealogical scent, for I very soon found out, when on the spot, that Mr. Rooney, the Irish lawyer, would have got both himself and the first claimant into a terrible scrape, if he had pronounced his opinion that the estates ought to be given up to him. There were three poor Irish fellows, each nearer of kin to the last possessor; but, a generation before, there was a still nearer relation, who had never been accounted for, nor his existence ever discovered by the lawyers, I venture to think, till I routed him out from the memory of some of the old dependants of the family. What had become of him? I travelled backwards and forwards; I crossed over to France, and came back again with a slight clue, which ended

de encontrarme bien, y mi buen tío se encontraba preocupado por mi enferma apariencia.

Un día, tocó dos veces la campana de la sórdida oficina del empleado en el callejón de Grey's Inn. Era el llamado para mí, así que entré en su cuarto privado justo cuando un caballero —a quien solo conocía de vista como un abogado irlandés de alta reputación, una reputación mucho mayor de la que merecía— salía del mismo.

Mi tío se frotaba las manos lentamente mientras pensaba. Estuve parado ahí por unos dos o tres minutos antes de que empezara a hablar. Luego me dijo que yo debía empacar esa misma tarde y dirigirme a caballo a West Chester por la noche. Si todo marchaba bien, llegaría ahí en cinco días, y luego debía esperar un paquebote para cruzar a Dublín. Por consiguiente, debía adentrarme a una ciudad llamada Kildoon, y quedarme en ese vecindario, haciendo ciertas investigaciones sobre la existencia de los descendientes de la rama más joven de una familia a quien le habían heredado valiosas propiedades en la línea femenina. El abogado irlandés que vi estaba cansado de este caso, y hubiera dado esas propiedades sin ningún problema a un hombre que quería reclamarlas, pero al mostrarle sus tablas y árboles a mi tío, el último había previsto tantos posibles solicitantes anteriores, que el abogado le había rogado que tomara el control de la administración de todo el caso. En su juventud, mi tío hubiera estado encantado de ir a Irlanda e investigar cada fragmento de papel, pergamino o cualquier tradición hablada de la familia. Pero como él ya se encontraba viejo y tenía gota, me lo asignó a mí.

Fue así como me dirigí a Kildoon. Supongo que yo tenía un poco del encanto de mi tío para seguir el rastro genealógico, pues rápidamente descubrí que cuando estuvo en el lugar, Rooney, el abogado irlandés, hubiera metido, tanto a él mismo como al primer solicitante, en un terrible lío si hubiera dado su opinión de entregarle las propiedades a él. Había tres pobres irlandeses, cada uno siendo más cercano al último propietario, pero en la generación anterior, había una persona aún más cercana de la cual no se tenía ningún registro, y ningún abogado sabía de su existencia, me atreví a pensar, hasta que lo saqué de la memoria de algunos antiguos dependientes de la familia, ¿qué habrá sido de él? Viajé de un lado a otro, fui a Francia y regresé con una pequeña pista que me ayudó a descubrir que, el loco y disipado hombre había dejado

in my discovering that, wild and dissipated himself, he had left one child, a son, of yet worse character than his father; that this same Hugh Fitzgerald had married a very beautiful serving-woman of the Byrnes—a person below him in hereditary rank, but above him in character; that he had died soon after his marriage, leaving one child, whether a boy or a girl I could not learn, and that the mother had returned to live in the family of the Byrnes. Now, the chief of this latter family was serving in the Duke of Berwick's regiment, and it was long before I could hear from him; it was more than a year before I got a short, haughty letter—I fancy he had a soldier's contempt for a civilian, an Irishman's hatred for an Englishman, an exiled Jacobite's jealousy of one who prospered and lived tranquilly under the government he looked upon as an usurpation. "Bridget Fitzgerald," he said, "had been faithful to the fortunes of his sister—had followed her abroad, and to England when Mrs. Starkey had thought fit to return. Both his sister and her husband were dead, he knew nothing of Bridget Fitzgerald at the present time: probably Sir Philip Tempest, his nephew's guardian, might be able to give me some information." I have not given the little contemptuous terms; the way in which faithful service was meant to imply more than it said—all that has nothing to do with my story. Sir Philip, when applied to, told me that he paid an annuity regularly to an old woman named Fitzgerald, living at Coldholme (the village near Starkey Manor-house). Whether she had any descendants he could not say.

One bleak March evening, I came in sight of the places described at the beginning of my story. I could hardly understand the rude dialect in which the direction to old Bridget's house was given.

"Yo' see yon furleets," all run together, gave me no idea that I was to guide myself by the distant lights that shone in the windows of the Hall, occupied for the time by a farmer who held the post of steward, while the Squire, now four or five and twenty, was making the grand tour. However, at last, I reached Bridget's cottage—a low, moss-grown place: the palings that had once surrounded it were broken and gone; and the underwood of the forest came up to the walls, and must have darkened the windows. It was about seven o'clock—not late to my

un hijo, un niño, el cual tenía un peor carácter que el de su padre, este mismo siendo Hugh Fitzgerald, quien se casó con una bella dama de compañía que trabajaba con los Byrne —una persona con un rango más bajo que él, pero con un carácter más fuerte que el suyo—; él murió poco después de haberse casado, dejando un hijo, el cual no supe si era un niño o una niña, y su madre regresó a vivir con los Byrne. Ahora bien, el jefe de esta última familia estaba sirviendo en el régimen del duque de Berwick, y pasó mucho tiempo hasta que pude saber de él; pasó más de un año hasta que recibí una corta y arrogante carta —me imagino que él tenía el desprecio de un soldado por un civil, el odio de un irlandés por un inglés, la envidia de un jacobita[5] exiliado hacia quien prosperó y vivió tranquilamente bajo el gobierno que consideraba una usurpación—.

Bridget Fitzgerald, dijo él, ha sido fiel a las fortunas de su hermana, la había seguido al extranjero, a Inglaterra, cuando la señora Starkey pensó que era tiempo de regresar. Ambos, tanto su hermana como su esposo habían muerto, él no sabía absolutamente nada de Bridget Fitzgerald en ese momento: probablemente sir Philip Tempest, el guardia de su sobrino podría darle más información.

No he dicho los pequeños detalles despectivos, la manera en la que la carta buscaba informar más de lo necesario, cosas que no tienen que ver con mi historia. Cuando tuve contacto con sir Philip, me dijo que le pagaba una anualidad a una anciana mujer llamada Fitzgerald, viviendo en Coldholme (el pueblo cerca de la mansión Starkey). Sin embargo, no sabía si ella tenía descendencia alguna.

Una lúgubre tarde de marzo, llegué al lugar de los hechos que describí al inicio de este relato. A duras penas podía comprender el burdo dialecto en el que me dijeron a qué dirección ir para llegar a la vieja cabaña de Bridget.

*«Per on es veu la ilum»*, me dijeron, sin pausas, no entendí que debía de guiarme por las luces distantes que alumbraban las ventanas del Hall, en el cual se encontraba el granjero que administraba el lugar, mientras que el hacendado, quien ahora tenía unos veinticuatro o veinticinco años, estaba haciendo el gran recorrido. De cualquier manera, final-

---

5    El movimiento jacobita era una corriente política que buscaba la restauración de la dinastía Estuardo en el trono británico.

London notions—but, after knocking for some time at the door and receiving no reply, I was driven to conjecture that the occupant of the house was gone to bed. So I betook myself to the nearest church I had seen, three miles back on the road I had come, sure that close to that I should find an inn of some kind; and early the next morning I set off back to Coldholme, by a field-path which my host assured me I should find a shorter cut than the road I had taken the night before. It was a cold, sharp morning; my feet left prints in the sprinkling of hoar-frost that covered the ground; nevertheless, I saw an old woman, whom I instinctively suspected to be the object of my search, in a sheltered covert on one side of my path. I lingered and watched her. She must have been considerably above the middle size in her prime, for when she raised herself from the stooping position in which I first saw her, there was something fine and commanding in the erectness of her figure. She drooped again in a minute or two, and seemed looking for something on the ground, as, with bent head, she turned off from the spot where I gazed upon her, and was lost to my sight. I fancy I missed my way, and made a round in spite of the landlord's directions; for by the time I had reached Bridget's cottage she was there, with no semblance of hurried walk or discomposure of any kind. The door was slightly ajar. I knocked, and the majestic figure stood before me, silently awaiting the explanation of my errand. Her teeth were all gone, so the nose and chin were brought near together; the gray eyebrows were straight, and almost hung over her deep, cavernous eyes, and the thick white hair lay in silvery masses over the low, wide, wrinkled forehead. For a moment, I stood uncertain how to shape my answer to the solemn questioning of her silence.

"Your name is Bridget Fitzgerald, I believe?"

She bowed her head in assent.

"I have something to say to you. May I come in? I am unwilling to keep you standing."

mente llegué a la cabaña de Bridget, en un sombrío y musgoso lugar: las estacas que rodeaban el lugar se encontraban rotas o habían sido robadas, y el sotobosque había llegado a las paredes, oscureciendo las ventanas. Era alrededor de las siete de la noche, no tan tarde según mis nociones londinenses, pero, después de tocar por un tiempo y sin respuesta alguna, llegué a la conjetura de que la ocupante de la cabaña ya se había ido a dormir. Así que me dirigí a la iglesia más cercana, a casi cinco kilómetros por el camino del que venía, seguro de que debía encontrar alguna pensión, y a la mañana siguiente fui temprano de regreso a Coldholme, por el camino que el dueño de la pensión aseguraba que era más corto que el camino que tomé la noche anterior. Era una fría y nítida mañana, dejaba mis huellas en la ligera escarcha que cubría el piso, aun así, vi una anciana mujer, quien instintivamente supuse que era el objeto de mi búsqueda, resguardándose en un refugio que se encontraba a un lado del camino. Me quedé a observarla. Debió ser bastante más alta que el promedio durante su mejor época, pues cuando se incorporó de esa encorvada posición en la que la encontré, había algo fino e imponente en su erguida figura. Se volvió a agachar pasados uno o dos minutos, pareciese que estaba buscando algo en la tierra cuando, con la mirada gacha, se fue del lugar donde yo la había encontrado, perdiéndola de vista. Supuse que perdí mi camino, y di una vuelta en círculo a pesar de las indicaciones que me dio el dueño de la pensión; para cuando llegué a la cabaña de Bridget ella se encontraba ahí, con un semblante intacto, no parecía que hubiese caminado apresuradamente o con algún tipo de desconcierto. La puerta estaba entreabierta. Toqué a su puerta y su majestuosa figura se paró frente a mí, esperando silenciosamente a que le diera una explicación de mi presencia. Todos sus dientes se habían caído, así que su nariz y su mentón estaban muy juntos, sus grises cejas eran rectas y casi colgaban de sus profundos y cavernosos ojos, y su grueso y blanco cabello caía en mechones plateados sobre su baja y gran frente llena de arrugas. Por un momento, me mantuve frente a ella sin saber cómo formular mi respuesta debido al solemne cuestionamiento de su silencio.

—¿Su nombre es Bridget Fitzgerald, no es así?

Ella inclinó su cabeza indicando que era correcto.

—Tengo algo que decirle. ¿Puedo pasar? No quisiera tenerla aquí parada.

"You cannot tire me," she said, and at first she seemed inclined to deny me the shelter of her roof. But the next moment—she had searched the very soul in me with her eyes during that instant—she led me in, and dropped the shadowing hood of her gray, draping cloak, which had previously hid part of the character of her countenance. The cottage was rude and bare enough. But before the picture of the Virgin, of which I have made mention, there stood a little cup filled with fresh primroses. While she paid her reverence to the Madonna, I understood why she had been out seeking through the clumps of green in the sheltered copse. Then she turned round, and bade me be seated. The expression of her face, which all this time I was studying, was not bad, as the stories of my last night's landlord had led me to expect; it was a wild, stern, fierce, indomitable countenance, seamed and scarred by agonies of solitary weeping; but it was neither cunning nor malignant.

"My name is Bridget Fitzgerald," said she, by way of opening our conversation.

"And your husband was Hugh Fitzgerald, of Knock Mahon, near Kildoon, in Ireland?"

A faint light came into the dark gloom of her eyes.

"He was."

"May I ask if you had any children by him?"

The light in her eyes grew quick and red. She tried to speak, I could see; but something rose in her throat, and choked her, and until she could speak calmly, she would fain not speak at all before a stranger. In a minute or so she said—"I had a daughter—one Mary Fitzgerald,"— then her strong nature mastered her strong will, and she cried out, with a trembling wailing cry: "Oh, man! what of her?—what of her?"

She rose from her seat, and came and clutched at my arm, and looked in my eyes. There she read, as I suppose, my utter ignorance of

—No podría cansarme —dijo ella. Al inicio parecía inclinada a negarme refugio en su techo. Pero, tras un instante (ella había buscado en mi alma con sus ojos), me guio adentro y se quitó la capucha de su gris capa, la cual estuvo ocultando parte del carácter en su semblante. La cabaña era bastante rudimentaria y tenía apenas lo suficiente. Pero ante la imagen de la Virgen, la cual he mencionado con anterioridad, había un pequeño vaso lleno de frescas prímulas. Mientras ella le ofrecía una reverencia a la madona, comprendí por qué estuvo buscando entre los verdes arbustos en el bosque. Luego ella se giró, y me ofreció asiento. La expresión de su cara, la cual estuve estudiando todo el tiempo, no era mala, no era como me habían hecho suponer con las historias que me contó el dueño de la pensión la noche anterior; tenía un rostro feroz, severo, salvaje e indomable, parecía surcado y marcado por la agonía de su solitario sufrimiento, pero no era malicioso o artero.

—Mi nombre es Bridget Fitzgerald —me dijo, en su manera de comenzar la conversación.

—¿Y su marido era Hugh Fitzgerald, de Knock Mahon, cerca de Kildoon, en Irlanda?

Un leve destello vino a sus melancólicos y oscuros ojos.

—Así es.

—¿Podría preguntarle si tuvo algún hijo con él?

La luz en sus ojos enrojeció rápidamente. Trató de hablar, lo pude ver, pero pareciese que algo le subió por la garganta y la ahogó, hasta que pudo hablar con calma; ella hubiera preferido no hablar ante un extraño. Pero al cabo de un minuto ella dijo:

—Yo tenía una hija, llamada Mary Fitzgerald... —Y luego su fuerte naturaleza dominó sobre su fuerte voluntad, y se convirtió en un mar de lágrimas, y con un tembloroso lamento dijo—: ¡Oh, cielos! ¿Qué será de ella...? ¿Qué será?

Ella se paró de su asiento y me tomó del brazo mirándome a los ojos. En ese momento ella se dio cuenta, supongo, de mi absoluta ignorancia

what had become of her child; for she went blindly back to her chair, and sat rocking herself and softly moaning, as if I were not there; I not daring to speak to the lone and awful woman. After a little pause, she knelt down before the picture of Our Lady of the Holy Heart, and spoke to her by all the fanciful and poetic names of the Litany.

"O Rose of Sharon! O Tower of David! O Star of the Sea! have ye no comfort for my sore heart? Am I for ever to hope? Grant me at least despair!"—and so on she went, heedless of my presence. Her prayers grew wilder and wilder, till they seemed to me to touch on the borders of madness and blasphemy. Almost involuntarily, I spoke as if to stop her.

"Have you any reason to think that your daughter is dead?"

She rose from her knees, and came and stood before me.

"Mary Fitzgerald is dead," said she. "I shall never see her again in the flesh. No tongue ever told me; but I know she is dead. I have yearned so to see her, and my heart's will is fearful and strong: it would have drawn her to me before now, if she had been a wanderer on the other side of the world. I wonder often it has not drawn her out of the grave to come and stand before me, and hear me tell her how I loved her. For, sir, we parted unfriends."

I knew nothing but the dry particulars needed for my lawyer's quest, but I could not help feeling for the desolate woman; and she must have read the unusual sympathy with her wistful eyes.

"Yes, sir, we did. She never knew how I loved her; and we parted unfriends; and I fear me that I wished her voyage might not turn out well, only meaning,—O, blessed Virgin! you know I only meant that she should come home to her mother's arms as to the happiest place on earth; but my wishes are terrible—their power goes beyond my thought—and there is no hope for me, if my words brought Mary harm."

acerca del paradero de su hija, así que regresó ciegamente a su silla, y empezó a mecerse en ella aquejándose, como si yo no estuviera ahí. No me atrevía a hablarle a esa pobre y solitaria mujer. Después de una pequeña pausa se dirigió a la imagen de Nuestra Señora del Sagrado Corazón y se arrodilló ante ella, y la llamó por todos los elaborados y poéticos nombres de las letanías.

—¡Oh, Rosa mística! ¡Oh, Torre de David! ¡Oh, Estrella de la mañana! ¿No tienes compasión por mi llagado corazón? ¿Debo de tener esperanza eternamente? ¡Concédeme un poco de tu compasión! —Y continuó así, ignorando mi presencia. Sus salvajes plegarias se hacían cada vez más recias, parecía que estaba tocando los límites de la locura y la blasfemia. Casi de forma involuntaria, le hablé para que se detuviera.

—¿Tiene alguna razón para creer que su hija está muerta?

Ella se levantó y se paró frente a mí.

—Mary Fitzgerald está muerta —me dijo—. Nunca la volveré a ver en carne y hueso. Ninguna boca me lo dijo, pero yo sé que está muerta. He anhelado tanto verla y la voluntad de mi corazón se encuentra temerosa pero fuerte: la hubiera traído de vuelta a mí para este entonces, si ella hubiera sido una nómada al otro lado del mundo. Me he preguntado seguido como no la he sacado de su tumba para que venga y se pare frente a mí, para que me escuche decirle lo mucho que la amaba. Porque, señor, nos separamos estando enojadas.

Yo no sabía nada más que las secas particularidades necesarias para mi investigación de abogado, pero no pude evitar sensibilizarme ante la desolada mujer; debe de haber leído mi inusual simpatía con sus melancólicos ojos.

—Sí, señor, así fue. Ella nunca supo lo mucho que la amaba, y nos separamos estando enojadas, y me temo que deseé que su viaje no saliera bien, pero me refería... ¡Oh, Virgen bendita! Tú sabes que solo deseaba que ella regresara a casa, a los brazos de su madre, y que este fuera el lugar más feliz en la tierra, pero mis deseos son terribles, su poder va más allá de mi pensar, y no hay esperanzas para mí si mis palabras le causaron daño a Mary.

"But," I said, "you do not know that she is dead. Even now, you hoped she might be alive. Listen to me," and I told her the tale I have already told you, giving it all in the driest manner, for I wanted to recall the clear sense that I felt almost sure she had possessed in her younger days, and by keeping up her attention to details, restrain the vague wildness of her grief.

She listened with deep attention, putting from time to time such questions as convinced me I had to do with no common intelligence, however dimmed and shorn by solitude and mysterious sorrow. Then she took up her tale; and in few brief words, told me of her wanderings abroad in vain search after her daughter; sometimes in the wake of armies, sometimes in camp, sometimes in city. The lady, whose waiting-woman Mary had gone to be, had died soon after the date of her last letter home; her husband, the foreign officer, had been serving in Hungary, whither Bridget had followed him, but too late to find him. Vague rumours reached her that Mary had made a great marriage: and this sting of doubt was added,—whether the mother might not be close to her child under her new name, and even hearing of her every day; and yet never recognizing the lost one under the appellation she then bore. At length the thought took possession of her, that it was possible that all this time Mary might be at home at Coldholme, in the Trough of Bolland, in Lancashire, in England; and home came Bridget, in that vain hope, to her desolate hearth, and empty cottage. Here she had thought it safest to remain; if Mary was in life, it was here she would seek for her mother.

I noted down one or two particulars out of Bridget's narrative that I thought might be of use to me: for I was stimulated to further search in a strange and extraordinary manner. It seemed as if it were impressed upon me, that I must take up the quest where Bridget had laid it down; and this for no reason that had previously influenced me (such as my uncle's anxiety on the subject, my own reputation as a lawyer, and so on), but from some strange power which had taken possession of my will only that very morning, and which forced it in the direction it chose.

"I will go," said I. "I will spare nothing in the search. Trust to me. I will learn all that can be learnt. You shall know all that money, or

—Pero —le dije— usted no sabe si ella está muerta. Incluso ahora, usted esperaba que ella estuviera viva. Escúcheme... —Y le conté la historia que ya te he contado, relatándosela de la manera más seria posible, pues deseaba que recobrara la lucidez que yo estaba seguro que poseyó en su juventud, y al mantener su atención a los detalles, poder contener la difusa intensidad de su dolor.

Ella escuchó con profunda atención, haciéndome preguntas de vez en cuando que me convencían de que estaba tratando con una inteligencia poco común, sin importar lo débil y rota que se encontraba por la soledad y su misteriosa tristeza. Luego ella continuó con su historia, y en pocas palabras me contó de todos sus viajes en vano para buscar a su hija, a veces en los campos militares, a veces en el campo, a veces en la ciudad. La mujer de quien Mary sería dama de compañía murió poco después de la fecha en la que recibió su última carta, su marido, un oficial extranjero, había estado sirviendo en Hungría, a donde Bridget lo había seguido, pero llegó muy tarde para encontrarlo. Vagos rumores llegaron a ella, diciendo que Mary se había casado con un hombre importante: y la espina de la duda surgió, si la madre no estaba familiarizada con el nuevo apellido de su hija, aun si llegaba a escuchar de ella, aun así, no podría reconocer nunca a quien perdió. Con el tiempo un pensamiento se apoderó de ella, que era posible que todo este tiempo Mary podía estar en su casa en Coldholme, en el valle de Bolland, en Lancashire, en Inglaterra; así que Bridget regresó a casa, con esa inútil esperanza, a su desolado hogar, y a esa vacía cabaña. Estando ahí, ella había pensado que era más seguro quedarse; si Mary seguía con vida, seria ahí donde buscaría a su madre.

Anoté una o dos particularidades de la narrativa de Bridget que creí que me podían ser útiles: pues me vi incitado a hacer una investigación más extensa de una forma un tanto extraña y extraordinaria. Parecía como si me lo hubieran impuesto, debía de tomar la investigación que Bridget había dejado atrás; y esto sin ninguna otra razón que me haya influenciado con anterioridad (como la ansiedad de mi tío acerca del tema, mi propia reputación como abogado, etc.), más bien era una extraña fuerza que había tomado control sobre mi voluntad en esa misma mañana, y que me forzó a la dirección que deseó.

—Yo iré —dije yo—. No escatimaré nada en esta búsqueda. Confíe en mí. Averiguaré todo lo que pueda ser averiguado. Sabrá todo lo que el

pains, or wit can discover. It is true she may be long dead: but she may have left a child."

"A child!" she cried, as if for the first time this idea had struck her mind. "Hear him, Blessed Virgin! he says she may have left a child. And you have never told me, though I have prayed so for a sign, waking or sleeping!"

"Nay," said I, "I know nothing but what you tell me. You say you heard of her marriage."

But she caught nothing of what I said. She was praying to the Virgin in a kind of ecstasy, which seemed to render her unconscious of my very presence.

From Coldholme I went to Sir Philip Tempest's. The wife of the foreign officer had been a cousin of his father's, and from him I thought I might gain some particulars as to the existence of the Count de la Tour d'Auvergne, and where I could find him; for I knew questions *de vive voix* aid the flagging recollection, and I was determined to lose no chance for want of trouble. But Sir Philip had gone abroad, and it would be some time before I could receive an answer. So I followed my uncle's advice, to whom I had mentioned how wearied I felt, both in body and mind, by my will-o'-the-wisp search. He immediately told me to go to Harrogate, there to await Sir Philip's reply. I should be near to one of the places connected with my search, Coldholme; not far from Sir Philip Tempest, in case he returned, and I wished to ask him any further questions; and, in conclusion, my uncle bade me try to forget all about my business for a time.

This was far easier said than done. I have seen a child on a common blown along by a high wind, without power of standing still and resisting the tempestuous force. I was somewhat in the same predicament as regarded my mental state. Something resistless seemed to urge my thoughts on, through every possible course by which there was a chance of attaining to my object. I did not see the sweeping moors when I walked out: when I held a book in my hand, and read the words, their sense did not penetrate to my brain. If I slept, I went on with the same ideas, always flowing in the same direction. This

dinero, o el sufrimiento, o el ingenio puede descubrir. Puede ser verdad que ella haya muerto hace mucho, pero puede que haya dejado un hijo.

—¡Un hijo! —gritó ella, como si fuera la primera vez que esa idea cruzaba su mente—. ¡Escúchalo, Virgen bendita! Él dice que pudo haber dejado un hijo. ¡Y tú nunca me lo has dicho, aunque te he rezado pidiéndote una señal, despierta o dormida!

—No —le dije—, yo no sé nada, más lo que usted me ha dicho. Dijo que escuchó que se casó.

Pero ella no escuchó nada de lo que le dije. Le rezaba a la Virgen con un cierto éxtasis, un éxtasis que parecía nublar su percepción sobre mi presencia.

Partí de Coldholme hacia la propiedad de sir Philip Tempest. La esposa de aquel oficial extranjero, para quien trabajó Mary, era prima del padre de sir Philip, y pensé que podría obtener información de él sobre el conde de la Tour d'Auvergne[6] y dónde podría encontrarlo; sabía que las preguntas a *viva voce* ayudan a la memoria y yo estaba determinado a aprovechar cada oportunidad existente. Pero sir Philip se había ido al extranjero y pasaría un buen tiempo antes de que yo pudiera recibir su respuesta. Así que seguí los consejos de mi tío, a quien le había contado lo cansado que me sentía, tanto mental como físicamente, por esta búsqueda interminable. Él me dijo que fuera inmediatamente a Harrogate y que ahí esperara la respuesta de sir Philip. Yo debía de estar cerca de uno de los lugares conectados a mi búsqueda, Coldholme; y no tan lejos de donde podía encontrar a sir Philip Tempest, en caso de que regresara, y yo deseara hacerle más preguntas. En conclusión, mi tío me pidió intentar olvidarme del caso por un tiempo.

Sin embargo, fue más fácil decirlo que hacerlo. Una vez vi a un niño en un ejido siendo arrastrado por un fuerte viento, incapaz de resistir tal fuerza tempestuosa. De alguna manera yo me encontraba en el mismo aprieto mentalmente. Algo irresistible parecía inundar mi mente, creando miles de caminos que podrían llevarme a alcanzar mi objetivo. Cuando salía a caminar no miraba los amplios páramos. Cuando

6    La Tour d'Auvergne era una dinastía francesa. Poderosos por sus grandes posesiones territoriales y su influencia en la historia francesa.

could not last long without having a bad effect on the body. I had an illness, which, although I was racked with pain, was a positive relief to me, as it compelled me to live in the present suffering, and not in the visionary researches I had been continually making before. My kind uncle came to nurse me; and after the immediate danger was over, my life seemed to slip away in delicious languor for two or three months. I did not ask—so much did I dread falling into the old channel of thought—whether any reply had been received to my letter to Sir Philip. I turned my whole imagination right away from all that subject. My uncle remained with me until nigh midsummer, and then returned to his business in London; leaving me perfectly well, although not completely strong. I was to follow him in a fortnight; when, as he said, "we would look over letters, and talk about several things." I knew what this little speech alluded to, and shrank from the train of thought it suggested, which was so intimately connected with my first feelings of illness. However, I had a fortnight more to roam on those invigorating Yorkshire moors.

In those days, there was one large, rambling inn, at Harrogate, close to the Medicinal Spring; but it was already becoming too small for the accommodation of the influx of visitors, and many lodged round about, in the farm-houses of the district. It was so early in the season, that I had the inn pretty much to myself; and, indeed, felt rather like a visitor in a private house, so intimate had the landlord and landlady become with me during my long illness. She would chide me for being out so late on the moors, or for having been too long without food, quite in a motherly way; while he consulted me about vintages and wines, and taught me many a Yorkshire wrinkle about horses. In my walks I met other strangers from time to time. Even before my uncle had left me, I had noticed, with half-torpid curiosity, a young lady of very striking appearance, who went about always accompanied by an elderly companion,—hardly a gentlewoman, but with something in her look that prepossessed me in her favour. The younger lady always put her veil down when any one approached; so it had been only once or twice, when I had come upon her at a sudden turn in the path, that I had even had a glimpse at her face. I am not

tomaba un libro y lo intentaba leer, mi cerebro no lograba procesar la información. Si intentaba dormir, las mismas ideas inundaban mi cabeza, siempre fluyendo en la misma dirección, esto no podía durar tanto tiempo sin crear un efecto negativo en mi cuerpo. Terminé enfermando, y a pesar de que me retorcía del dolor fue un gran alivio para mí, pues me obligó a vivir en el doloroso presente y no en aquellas investigaciones visionarias en las que había estado pensando compulsivamente. Mi querido tío vino a cuidarme, y después de que el peligro inmediato pasó, mi vida pareció desvanecerse en un delicioso declive por unos dos o tres meses. No pregunté si había llegado respuesta alguna de parte de sir Philip —tenía tanto miedo de caer en mi antiguo hilo de pensamiento—. Alejé completamente mi imaginación de ese asunto.

Mi tío se quedó conmigo hasta que llegó el verano, y luego regresó a su trabajo en Londres; dejándome en perfectas condiciones, aunque no del todo fuerte. Suponía que lo seguiría después de quince días, pues me dijo que, «revisaríamos unas cartas y hablaríamos de varios temas». Yo sabía a qué aludía su pequeño discurso y me encogí ante el tren de pensamiento que sugería —el cual estaba estrechamente relacionado con los primeros destellos de mi enfermedad—. Sin embargo, yo tenía quince días más para vagar por esos vigorizantes páramos en Yorkshire.

En aquellos tiempos, había una grande y desolada pensión, en Harrogate, cerca de un manantial medicinal; pero se estaba quedando pequeña debido a la afluencia de sus visitantes, muchos se alojaban cerca, en las casas de labranza del distrito. Era apenas el inicio de la temporada, así que prácticamente tuve la pensión para mí solo y, de hecho, me sentía más como una visita en una casa privada; me hice tan íntimo con el dueño y su esposa durante mi larga enfermedad. Ella solía reprenderme por andar tan tarde en los páramos, o por haber estado tanto tiempo sin comer, casi como una madre; mientras que él me consultaba sobre antigüedades y vinos, y me enseñó muchos trucos de Yorkshire sobre los caballos. En mis paseos me encontré con otras personas de vez en cuando. Incluso antes de que mi tío me dejara había notado, con una tórpida curiosidad, a una mujer de distinguida apariencia, quien iba siempre acompañada de una persona de edad avanzada, no precisamente alguien noble, pero había algo en su figura que me predisponía a su favor. La joven mujer acostumbraba bajar su velo cuando alguien se acercaba, por lo que solo una o dos veces logré vislumbrar su rostro, cuando llegaba a encontrarme con ella en las repentinas curvas del ca-

sure if it was beautiful, though in after-life I grew to think it so. But it was at this time overshadowed by a sadness that never varied: a pale, quiet, resigned look of intense suffering, that irresistibly attracted me,—not with love, but with a sense of infinite compassion for one so young yet so hopelessly unhappy. The companion wore something of the same look: quiet melancholy, hopeless, yet resigned. I asked my landlord who they were. He said they were called Clarke, and wished to be considered as mother and daughter; but that, for his part, he did not believe that to be their right name, or that there was any such relationship between them. They had been in the neighbourhood of Harrogate for some time, lodging in a remote farm-house. The people there would tell nothing about them; saying that they paid handsomely, and never did any harm; so why should they be speaking of any strange things that might happen? That, as the landlord shrewdly observed, showed there was something out of the common way he had heard that the elderly woman was a cousin of the farmer's where they lodged, and so the regard existing between relations might help to keep them quiet.

"What did he think, then, was the reason for their extreme seclusion?" asked I.

"Nay, he could not tell,—not he. He had heard that the young lady, for all as quiet as she seemed, played strange pranks at times." He shook his head when I asked him for more particulars, and refused to give them, which made me doubt if he knew any, for he was in general a talkative and communicative man. In default of other interests, after my uncle left, I set myself to watch these two people. I hovered about their walks drawn towards them with a strange fascination, which was not diminished by their evident annoyance at so frequently meeting me. One day, I had the sudden good fortune to be at hand when they were alarmed by the attack of a bull, which, in those unenclosed grazing districts, was a particularly dangerous occurrence. I have other and more important things to relate, than to tell of the accident which gave me an opportunity of rescuing them, it is enough to say, that this event was the beginning of an acquaintance, reluctantly acquiesced in by them, but eagerly prosecuted by me. I can hardly tell when intense curiosity became merged in love, but in less than ten days after my uncle's departure I was passionately enam-

mino. No estaba seguro de que fuera hermosa, aunque con el pasar del tiempo comencé a creerlo. Pero en ese tiempo su belleza era eclipsada por una invariable tristeza; un rostro pálido, sereno y resignado lleno de sufrimiento, que irresistiblemente me atrajo, no con amor, pero con una clase de infinita compasión para alguien tan joven pero tan desesperanzadamente infeliz. Su acompañante parecía padecer algo similar; una silenciosa melancolía, desesperanza y, sin embargo, resignación. Le pregunté al dueño de la pensión sobre ellas. Él dijo que ellas eran las Clarke, y deseaban ser consideradas madre e hija; pero, por su parte, no creía que ese fuera su apellido, o que existiera tal relación entre ellas. Ellas habían estado viviendo en el pueblo de Harrogate durante algún tiempo, alojándose en una apartada caza de labranza. Las personas del pueblo no tenían opinión alguna sobre ellas; pagaban generosamente, y no hacían ningún daño, así que, ¿por qué deberían estar hablando de los extraños sucesos que pudieran estar ocurriendo? Esto, y el cómo él solía observar la situación sagazmente, mostraba que había algo fuera de lo común; él había oído que la vieja mujer era prima del granjero donde se alojaban, por lo que tal relación podría ayudar a mantenerlos tranquilos.

—¿Cuál cree entonces que era el motivo de su extremo aislamiento? —pregunté.

No, él no podía decirlo... no él. Él había escuchado que la joven mujer, «a pesar de que parecía tranquila, hacía extrañas bromas de vez en cuando». Él negó con su cabeza cuando le pregunté por más información, y no quiso decirme más, lo que me hizo dudar de si él sabía algo más, pues era un hombre muy hablador y comunicativo. A falta de otros intereses, después de que mi tío se fue me propuse a mí mismo observar a estas dos personas. Merodeaba durante sus paseos, atraído hacia ellas con una extraña fascinación, tal fascinación no disminuyó a pesar de su evidente molestia al encontrarse conmigo tan frecuentemente. Un día, tuve la inoportuna suerte de estar cerca cuando se alarmaron por el ataque de un toro, pues era un evento particularmente peligroso en esas zonas de pastoreo sin cercar. Tengo otras cosas aún más importantes que contar que el incidente que me dio la oportunidad de rescatarlas, es suficiente decir que este evento fue el inicio de nuestra relación, aceptada de mala gana por su parte, pero ansiosamente deseada por mí. Apenas puedo distinguir cuando la intensa curiosidad se convirtió en amor, pero en menos de diez días, después de la partida de mi tío,

oured of Mistress Lucy, as her attendant called her; carefully—for this I noted well—avoiding any address which appeared as if there was an equality of station between them. I noticed also that Mrs. Clarke, the elderly woman, after her first reluctance to allow me to pay them any attentions had been overcome, was cheered by my evident attachment to the young girl; it seemed to lighten her heavy burden of care, and she evidently favoured my visits to the farmhouse where they lodged. It was not so with Lucy. A more attractive person I never saw, in spite of her depression of manner, and shrinking avoidance of me. I felt sure at once, that whatever was the source of her grief, it rose from no fault of her own. It was difficult to draw her into conversation; but when at times, for a moment or two, I beguiled her into talk, I could see a rare intelligence in her face, and a grave, trusting look in the soft, gray eyes that were raised for a minute to mine. I made every excuse I possibly could for going there. I sought wild flowers for Lucy's sake; I planned walks for Lucy's sake; I watched the heavens by night, in hopes that some unusual beauty of sky would justify me in tempting Mrs. Clarke and Lucy forth upon the moors, to gaze at the great purple dome above.

It seemed to me that Lucy was aware of my love; but that, for some motive which I could not guess, she would fain have repelled me; but then again I saw, or fancied I saw, that her heart spoke in my favour, and that there was a struggle going on in her mind, which at times (I loved so dearly) I could have begged her to spare herself, even though the happiness of my whole life should have been the sacrifice; for her complexion grew paler, her aspect of sorrow more hopeless, her delicate frame yet slighter. During this period I had written, I should say, to my uncle, to beg to be allowed to prolong my stay at Harrogate, not giving any reason; but such was his tenderness towards me, that in a few days I heard from him, giving me a willing permission, and only charging me to take care of myself, and not use too much exertion during the hot weather.

One sultry evening I drew near the farm. The windows of their parlour were open, and I heard voices when I turned the corner of the house, as I passed the first window (there were two windows in their little ground-floor room). I saw Lucy distinctly; but when I had knocked at their door—the house-door stood always ajar—she was

estaba apasionadamente loco por la señorita Lucy, como su ayudante solía llamarle; por lo que pude notar, evitaba cuidadosamente cualquier manera de dirigirse a ella que hiciera parecer que había una igualdad de posición entre ellas. También pude notar que la señora Clarke, la mujer mayor, después de haber superado su renuencia a permitirme pagarles toda atención, estaba feliz de mi evidente apego a la joven mujer; parecía haber aligerado la pesada carga que era cuidarla, y era evidente que le agradaban mis visitas a la granja donde se alojaban. Pero no era el mismo caso con Lucy —la persona más atractiva que he visto, a pesar de su estado depresivo y su constante evasión hacia mi persona—. Inmediatamente tuve la certeza que, fuere cual fuere el origen de su dolor, no era culpa suya. Era muy difícil entablar una conversación con ella, pero a veces, por un momento u otro, lograba hacerle hablar, podía ver una excepcional inteligencia en su rostro, y una seria y confiable mirada en aquellos suaves y grises ojos que alcanzaban a los míos por instantes. Yo buscaba cualquier excusa posible para ir allá. Busqué flores silvestres para Lucy, planeaba paseos para Lucy, miraba al cielo durante la noche, con la esperanza de encontrar algo inusualmente bello en el cielo que justificara incitar a la señora Clarke y a Lucy a salir a los páramos y juntos contemplar ese bello domo púrpura.

Me parecía que Lucy era consciente de mi amor, pero que, por algún motivo que no podía adivinar, ella me rechazaría. Pero luego vi, o creí ver, que su corazón hablaba a mi favor y que había una lucha ocurriendo en su mente, por lo cual estuve a punto de rogarle, en repetidas ocasiones, para que dejara de luchar (la amaba tanto), aun si esto significaba que la felicidad de toda mi vida fuera sacrificada, pues su cara se volvía más gris, y el aspecto de su pena más desesperanzado, y su delicada complexión aún más delgada. Durante este tiempo le escribí a mi tío para rogarle que me permitiera quedarme en Harrogate más tiempo, sin darle explicación alguna, pero como me tenía tanto cariño, en un par de días escuché de él, dándome permiso y pidiéndome que me cuidara y que no hiciera mucho esfuerzo durante el caluroso clima.

Una bochornosa tarde me acerqué a la granja. Las ventanas de su sala estaban abiertas y escuché voces cuando doblé la esquina de la casa, mientras pasaba la primera ventana (había dos ventanas en su pequeño cuarto en planta baja). Pude ver a Lucy claramente, pero cuando toqué su puerta (la puerta de su casa siempre estaba entreabierta) ella ya se

gone, and I saw only Mrs. Clarke, turning over the work-things lying on the table, in a nervous and purposeless manner. I felt by instinct that a conversation of some importance was coming on, in which I should be expected to say what was my object in paying these frequent visits. I was glad of the opportunity. My uncle had several times alluded to the pleasant possibility of my bringing home a young wife, to cheer and adorn the old house in Ormond Street. He was rich, and I was to succeed him, and had, as I knew, a fair reputation for so young a lawyer. So on my side I saw no obstacle. It was true that Lucy was shrouded in mystery; her name (I was convinced it was not Clarke), birth, parentage, and previous life were unknown to me. But I was sure of her goodness and sweet innocence, and although I knew that there must be something painful to be told, to account for her mournful sadness, yet I was willing to bear my share in her grief, whatever it might be.

Mrs. Clarke began, as if it was a relief to her to plunge into the subject.

"We have thought, sir—at least I have thought—that you knew very little of us, nor we of you, indeed; not enough to warrant the intimate acquaintance we have fallen into. I beg your pardon, sir," she went on, nervously; "I am but a plain kind of woman, and I mean to use no rudeness; but I must say straight out that I—we—think it would be better for you not to come so often to see us. She is very unprotected, and—"

"Why should I not come to see you, dear madam?" asked I, eagerly, glad of the opportunity of explaining myself. "I come, I own, because I have learnt to love Mistress Lucy, and wish to teach her to love me."

Mistress Clarke shook her head, and sighed.

"Don't, sir—neither love her, nor, for the sake of all you hold sacred, teach her to love you! If I am too late, and you love her already, forget her,—forget these last few weeks. O! I should never have allowed you to come!" she went on passionately; "but what am I to do? We are forsaken by all, except the great God, and even He permits a strange and evil power to afflict us—what am I to do! Where is it to end?" She

había ido y solo pude ver a la señora Clarke moviendo los objetos de trabajo que se encontraban en la mesa, nerviosamente y sin propósito alguno. Pude presentir que se avecinaba una conversación de importancia, en la que seguramente esperaban que expresara el objeto de mis constantes visitas. Estaba feliz por la oportunidad. Mi tío había aludido a la agradable posibilidad de que llevara a casa a una joven esposa, para alegrar y adornar la vieja casa en la calle Ormond. Él era rico y sería yo quien lo sucediera, y yo tenía una buena reputación para ser un abogado tan joven. Así que de mi parte no veía obstáculo alguno. Era verdad que Lucy estaba envuelta en misterio; su nombre (el cual estaba convencido que no era Clarke), nacimiento, su familia, y una vida previa me eran desconocidos. Pero yo estaba seguro de su bondad y su dulce inocencia, y aunque sabía que había algo doloroso que debía ser contado, que explicaría su lúgubre tristeza, aun así, estaba dispuesto a compartir su dolor, lo que fuese.

La señora Clarke empezó a decir, como si fuera un alivio para ella hablar del tema:

—Habíamos pensado, o al menos yo pensé, que usted conocía muy poco de nosotras, y nosotras de usted, de hecho, no lo suficiente como para justificar la íntima relación que hemos desarrollado. Disculpe, señor —continuó un tanto nerviosa—, pero solo soy una simple mujer y no quiero ser grosera, pero debo de decirle sin rodeos que yo, nosotras, pensamos que sería mejor que dejara de visitarnos tan a menudo. Ella está muy desprotegida y...

—¿Por qué debería dejar de visitarlas, querida señora? —le pregunté ansiosamente, feliz de tener la oportunidad de explicar mis motivos—. Reconozco que vengo aquí porque he aprendido a amar a la señorita Lucy y deseo enseñarle a amarme.

La señora Clarke negó con la cabeza, y suspiró.

—¡No lo haga, no la ame y por el amor de Dios, no le enseñe como amarlo! Si se lo estoy diciendo muy tarde y usted ya la ama, olvídela, olvide estas últimas semanas. ¡Ay, Dios! ¡Nunca debí permitirle venir! —dijo apasionadamente—. ¿Pero qué podía hacer? Estamos abandonadas por todos, a excepción de nuestro gran Dios, e incluso Él permite que un extraño y maligno poder nos aflija. ¡Qué debería hacer! ¿Cuándo va a

wrung her hands in her distress; then she turned to me: "Go away, sir! go away, before you learn to care any more for her. I ask it for your own sake—I implore! You have been good and kind to us, and we shall always recollect you with gratitude; but go away now, and never come back to cross our fatal path!"

"Indeed, madam," said I, "I shall do no such thing. You urge it for my own sake. I have no fear, so urged—nor wish, except to hear more—all. I cannot have seen Mistress Lucy in all the intimacy of this last fortnight, without acknowledging her goodness and innocence; and without seeing—pardon me, madam—that for some reason you are two very lonely women, in some mysterious sorrow and distress. Now, though I am not powerful myself, yet I have friends who are so wise and kind that they may be said to possess power. Tell me some particulars. Why are you in grief—what is your secret—why are you here? I declare solemnly that nothing you have said has daunted me in my wish to become Lucy's husband; nor will I shrink from any difficulty that, as such an aspirant, I may have to encounter. You say you are friendless—why cast away an honest friend? I will tell you of people to whom you may write, and who will answer any questions as to my character and prospects. I do not shun inquiry."

She shook her head again. "You had better go away, sir. You know nothing about us."

"I know your names," said I, "and I have heard you allude to the part of the country from which you came, which I happen to know as a wild and lonely place. There are so few people living in it that, if I chose to go there, I could easily ascertain all about you; but I would rather hear it from yourself." You see I wanted to pique her into telling me something definite.

"You do not know our true names, sir," said she, hastily.

"Well, I may have conjectured as much. But tell me, then, I conjure you. Give me your reasons for distrusting my willingness to stand by what I have said with regard to Mistress Lucy."

terminar? —Apretó sus manos de la angustia, y luego se volteó para verme, diciendo—: ¡Lárguese! Váyase lejos antes de que aprenda a preocuparse más por ella. Se lo pido por su propio bien, ¡se lo imploro! Usted ha sido bueno y amable con nosotras, y lo recordaremos por siempre con gratitud, pero váyase ya, ¡y no vuelva a cruzarse en nuestro fatal camino!

—De hecho, señora —le dije—, no haré tal cosa. Usted insiste que es por mi propio bien. No tengo miedo, y de hecho deseo, ansío, escuchar más sobre todo esto. No pude haber visto a la señorita Lucy en toda la intimidad de las últimas dos semanas sin reconocer su bondad e inocencia, y sin ver, con su perdón, que hay alguna razón por la que ustedes dos son unas mujeres solitarias y están envueltas en una misteriosa pena y angustia. Ahora, si bien no soy alguien poderoso, tengo amigos que son tan sabios y amables que se podría decir que poseen poder. Cuénteme algunos detalles. ¿Por qué están en pena? ¿Cuál es su secreto? ¿Por qué están aquí? Declaro solemnemente que nada de lo que usted ha dicho ha desalentado mi deseo de convertirme en el esposo de Lucy, y como tal aspirante, no me acobardaré ante cualquier dificultad que se me interponga. Dicen que no tienen amigos, ¿por qué desechar a un amigo honesto? Le diré a qué personas les pueden escribir y quienes contestarán cualquier pregunta que tengan sobre mi carácter y mis perspectivas. No me rehúso a la indagación.

—Será mejor que se vaya, señor. Usted no sabe nada de nosotras —negó ella nuevamente.

—Sé sus nombres —le dije—, y la he oído referirse a la parte del país de donde viene como un lugar agreste y solitario. Yo sé que hay tan pocas personas viviendo ahí que, si decidiera ir allá, podría averiguar todo sobre ustedes fácilmente, pero preferiría oírlo de usted misma. —Podrán notar que quería provocar que ella me dijera algo definitivo.

—Usted no sabe nuestros verdaderos nombres — dijo ella rápidamente.

—Bueno, puede que yo lo haya conjeturado así. Pero entonces dígame, se lo ruego. Deme sus razones para desconfiar de mi firme disposición ante lo que he dicho sobre la señorita Lucy.

"Oh, what can I do?" exclaimed she. "If I am turning away a true friend, as he says?—Stay!" coming to a sudden decision—"I will tell you something—I cannot tell you all—you would not believe it. But, perhaps, I can tell you enough to prevent your going on in your hopeless attachment. I am not Lucy's mother."

"So I conjectured," I said. "Go on."

"I do not even know whether she is the legitimate or illegitimate child of her father. But he is cruelly turned against her; and her mother is long dead; and for a terrible reason, she has no other creature to keep constant to her but me. She—only two years ago—such a darling and such a pride in her father's house! Why, sir, there is a mystery that might happen in connection with her any moment; and then you would go away like all the rest; and, when you next heard her name, you would loathe her. Others, who have loved her longer, have done so before now. My poor child! whom neither God nor man has mercy upon—or, surely, she would die!"

The good woman was stopped by her crying. I confess, I was a little stunned by her last words; but only for a moment. At any rate, till I knew definitely what was this mysterious stain upon one so simple and pure, as Lucy seemed, I would not desert her, and so I said; and she made me answer:—

"If you are daring in your heart to think harm of my child, sir, after knowing her as you have done, you are no good man yourself; but I am so foolish and helpless in my great sorrow, that I would fain hope to find a friend in you. I cannot help trusting that, although you may no longer feel toward her as a lover, you will have pity upon us; and perhaps, by your learning you can tell us where to go for aid."

"I implore you to tell me what this mystery is," I cried, almost maddened by this suspense.

"I cannot," said she, solemnly. "I am under a deep vow of secrecy. If you are to be told, it must be by her." She left the room, and I remained to ponder over this strange interview. I mechanically turned over the few books, and with eyes that saw nothing at the time, exam-

—¿Oh, qué puedo hacer? —exclamó—. ¿Y si estoy rechazando a un verdadero amigo, como él dice? ¡Quédese! —dijo, tomando una repentina decisión—. Pero déjeme decirle algo, no le puedo contar todo, no lo creería. Pero, quizás, le puedo decir lo suficiente para prevenir que continúe con este inútil apego. Yo no soy la madre de Lucy.

—Eso supuse, continúe.

—Ni siquiera sé si ella es la hija legítima de su padre. Pero él se volvió cruelmente en contra de ella y su madre murió hace mucho, y por una terrible razón, no hay otro ser en esta tierra que siga a su lado a excepción de mí. ¡Hace dos años ella era la adoración y el orgullo en la casa de su padre! Ay, señor, hay un misterio; podría suceder en cualquier momento en relación con ella, y luego usted se iría igual que todos. Y cuando usted vuelva a escuchar su nombre, la odiará. Otras personas que la han amado por mucho más tiempo lo han hecho ya. ¡Mi pobre pequeña! ¡Por quién ni Dios ni el hombre han tenido clemencia! ¡Oh, seguramente ella moriría!

La buena mujer se detuvo debido a su llanto. Confieso que estaba un tanto aturdido por sus últimas palabras, pero solo por un momento. En todo caso, hasta que supiera con certeza cuál era esa misteriosa mancha en alguien tan puro y simple, como parecía Lucy, no la dejaría. Así se lo dije, y me contestó:

—Si en su corazón usted es capaz de pensar mal de mi hija, señor, después de conocerla como lo ha hecho, entonces no es un buen hombre, pero yo soy tan tonta e indefensa en mi gran dolor que esperaría encontrar a un amigo en usted. No puedo, no puedo evitar confiar en que, aunque ya no sienta esta atracción amorosa hacia ella, se compadezca de nosotras, y tal vez, con sus conocimientos podría decirnos donde encontrar ayuda.

—Le imploro que me diga cuál es el misterio —grité, casi enloqueciendo ante tal suspenso.

—No puedo —dijo ella, solemnemente—. Estoy bajo un profundo voto de silencio. Si alguien se lo cuenta, debe ser ella. —Se retiró del cuarto, y yo me quedé reflexionando sobre esta extraña entrevista. Hojeé mecánicamente un par de libros que se encontraban ahí, y sin despegar los

ined the tokens of Lucy's frequent presence in that room.

When I got home at night, I remembered how all these trifles spoke of a pure and tender heart and innocent life. Mistress Clarke returned; she had been crying sadly.

"Yes," said she, "it is as I feared: she loves you so much that she is willing to run the fearful risk of telling you all herself—she acknowledges it is but a poor chance; but your sympathy will be a balm, if you give it. To-morrow, come here at ten in the morning; and, as you hope for pity in your hour of agony, repress all show of fear or repugnance you may feel towards one so grievously afflicted."

I half smiled. "Have no fear," I said. It seemed too absurd to imagine my feeling dislike to Lucy.

"Her father loved her well," said she, gravely, "yet he drove her out like some monstrous thing."

Just at this moment came a peal of ringing laughter from the garden. It was Lucy's voice; it sounded as if she were standing just on one side of the open casement—and as though she were suddenly stirred to merriment—merriment verging on boisterousness, by the doings or sayings of some other person. I can scarcely say why, but the sound jarred on me inexpressibly. She knew the subject of our conversation, and must have been at least aware of the state of agitation her friend was in; she herself usually so gentle and quiet. I half rose to go to the window, and satisfy my instinctive curiosity as to what had provoked this burst of, ill-timed laughter; but Mrs. Clarke threw her whole weight and power upon the hand with which she pressed and kept me down.

"For God's sake!" she said, white and trembling all over, "sit still; be quiet. Oh! be patient. To-morrow you will know all. Leave us, for we are all sorely afflicted. Do not seek to know more about us."

Again that laugh—so musical in sound, yet so discordant to my heart. She held me tight—tighter; without positive violence I could

ojos de los libros examiné las señales de la frecuente presencia de Lucy en esa habitación.

Cuando llegué a casa por la noche, recordé como todas estas pequeñeces hablaban de un corazón puro y tierno y una inocente vida. La señora Clarke regresó, había estado llorando tristemente.

—Sí —dijo ella—, es lo que me temía, ella le ama tanto que está dispuesta a correr el terrible riesgo de contarle todo ella misma, ella reconoce que hay pocas probabilidades, pero su simpatía será reconfortante, si se la brinda. Mañana, venga a las diez de la mañana, y así como usted espera compasión a la hora de su muerte, reprima cualquier miedo o repugnancia que pueda sentir hacia alguien gravemente afligido.

—No tengo miedo —le dije, esbozando una media sonrisa. Me parecía absurdo imaginar que pudiera sentir desagrado hacia Lucy.

—Su padre la amaba tanto —dijo seriamente—, y aún así la echó como si fuera una monstruosidad.

En ese momento una ruidosa risa vino del jardín. Era la voz de Lucy, se escuchaba como si estuviera parada justo al lado de la ventana abierta, pareciese como si de repente se regocijara de alegría, una alegría casi estruendosa, provocada por las palabras o acciones de otra persona. No sabría decir por qué, pero el sonido me molestó inexplicablemente. Ella sabía el tema de nuestra conversación y debía estar consciente al menos del estado de agitación en la que su amiga se encontraba, ella misma solía ser tan amable y tranquila. Me levanté a medias para ir a la ventana y satisfacer mi instintiva curiosidad, que había sido provocada por el estallido de esa carcajada, pero la señora Clarke usó todo su peso y la fuerza de su mano con la que me sujetó para que me mantuviera sentado.

—¡Por el amor de Dios! —exclamó, completamente pálida y temblorosa—, manténgase sentado y guarde silencio. ¡Oh! Sea paciente. Mañana lo sabrá todo. Déjenos, estamos sumamente afligidas. No busque saber más de nosotras.

Otra vez escuché esa risa, tan musical y aun así tan disonante para mi corazón. Ella me sujetó fuerte, cada vez más fuerte, no había ma-

not have risen. I was sitting with my back to the window, but I felt a shadow pass between the sun's warmth and me, and a strange shudder ran through my frame. In a minute or two she released me.

"Go," repeated she. "Be warned, I ask you once more. I do not think you can stand this knowledge that you seek. If I had had my own way, Lucy should never have yielded, and promised to tell you all. Who knows what may come of it?"

"I am firm in my wish to know all. I return at ten to-morrow morning, and then expect to see Mistress Lucy herself."

I turned away; having my own suspicions, I confess, as to Mistress Clarke's sanity.

Conjectures as to the meaning of her hints, and uncomfortable thoughts connected with that strange laughter, filled my mind. I could hardly sleep. I rose early; and long before the hour I had appointed, I was on the path over the common that led to the old farmhouse where they lodged. I suppose that Lucy had passed no better a night than I; for there she was also, slowly pacing with her even step, her eyes bent down, her whole look most saintly and pure. She started when I came close to her, and grew paler as I reminded her of my appointment, and spoke with something of the impatience of obstacles that, seeing her once more, had called up afresh in my mind. All strange and terrible hints, and giddy merriment were forgotten. My heart gave forth words of fire, and my tongue uttered them. Her colour went and came, as she listened; but, when I had ended my passionate speeches, she lifted her soft eyes to me, and said—

"But you know that you have something to learn about me yet. I only want to say this: I shall not think less of you—less well of you, I mean—if you, too, fall away from me when you know all. Stop!" said she, as if fearing another burst of mad words. "Listen to me. My father is a man of great wealth. I never knew my mother; she must have died when I was very young. When first I remember anything, I was living in a great, lonely house, with my dear and faithful Mistress Clarke. My father, even, was not there; he was—he is—a soldier, and his duties lie aboard. But he came from time to time, and every time I think he

nera que me levantara sin ser violento. Estaba sentado a espaldas de la ventana, pero sentí una sombra pasar entre el calor del sol y yo, y un extraño escalofrío recorrió mi cuerpo. Después de uno o dos minutos ella me soltó.

—Váyase —me repitió—. Hágame caso, se lo pido una vez más. No creo que pueda soportar saber aquello que usted busca. Si me hubiera escuchado antes, Lucy jamás hubiera cedido y nunca le hubiera prometido contarle todo. ¿Quién sabe que pueda pasar?

—Soy firme sobre mi deseo de saberlo todo. Regresaré mañana a las diez, y espero ver a la señorita Lucy.

Me di la vuelta, confieso que tuve mis propias suposiciones en cuanto a la cordura de la señora Clarke.

Conjeturaba en cuanto al significado de sus insinuaciones, y los extraños pensamientos conectados a esa extraña risa inundaban mi mente. No pude dormir. Me desperté temprano y mucho antes de la hora citada me encontraba en el camino que atravesaba el campo comunal que llevaba a la vieja granja donde se alojaban. Supongo que Lucy había pasado una noche similar a la mía, pues ahí estaba también, caminando lentamente con un paso constante, con la mirada baja y viéndose tan pura y santa. Se asustó cuando me acerqué a ella y palideció cuando le recordé nuestra cita, le hablé con impaciencia sobre los obstáculos que, al verla una vez más, habían regresado a mi mente. Todas esas raras y terribles insinuaciones y estruendosas carcajadas fueron olvidadas. Mi corazón estallaba en palabras de fuego y mi boca las pronunciaba. El color de su piel cambiaba mientras me escuchaba, pero cuando terminé mi apasionado discurso, ella me miró con sus suaves ojos y me dijo:

—Pero usted sabe que todavía hay algo que debe saber sobre mí. Solo quiero decirle algo; no pensaré mal de usted, quiero decir, no pensaré mal de usted, si usted, al igual que los demás, se va cuando lo sepa todo. ¡Espere! —dijo temerosa de que volviera otro ataque de locura—. Escúcheme. Mi padre era un hombre de gran riqueza. Nunca conocí a mi madre, debió morir cuando yo era muy pequeña. Cuando empecé a tener recuerdos, yo vivía en una gran y solitaria casa con mi adorada y leal señora Clarke. Mi padre no estaba, él era... él es un soldado y trabaja en el extranjero. Pero venía de vez en cuando, y creo que cada vez me

loved me more and more. He brought me rarities from foreign lands, which prove to me now how much he must have thought of me during his absences. I can sit down and measure the depth of his lost love now, by such standards as these. I never thought whether he loved me or not, then; it was so natural, that it was like the air I breathed. Yet he was an angry man at times, even then; but never with me. He was very reckless, too; and, once or twice, I heard a whisper among the servants that a doom was over him, and that he knew it, and tried to drown his knowledge in wild activity, and even sometimes, sir, in wine. So I grew up in this grand mansion, in that lonely place. Everything around me seemed at my disposal, and I think every one loved me; I am sure I loved them. Till about two years ago—I remember it well—my father had come to England, to us; and he seemed so proud and so pleased with me and all I had done. And one day his tongue seemed loosened with wine, and he told me much that I had not known till then,—how dearly he had loved my mother, yet how his wilful usage had caused her death; and then he went on to say how he loved me better than any creature on earth, and how, some day, he hoped to take me to foreign places, for that he could hardly bear these long absences from his only child. Then he seemed to change suddenly, and said, in a strange, wild way, that I was not to believe what he said; that there was many a thing he loved better—his horse—his dog—I know not what.

"And 'twas only the next morning that, when I came into his room to ask his blessing as was my wont, he received me with fierce and angry words. 'Why had I,' so he asked, 'been delighting myself in such wanton mischief—dancing over the tender plants in the flower-beds, all set with the famous Dutch bulbs he had brought from Holland?' I had never been out of doors that morning, sir, and I could not conceive what he meant, and so I said; and then he swore at me for a liar, and said I was of no true blood, for he had seen me doing all that mischief himself—with his own eyes. What could I say? He would not listen to me, and even my tears seemed only to irritate him. That day was the beginning of my great sorrows. Not long after, he reproached me for my undue familiarity—all unbecoming a gentlewoman—with his grooms. I had been in the stable-yard, laughing and talking, he said. Now, sir, I am something of a coward by nature, and I had always dreaded horses; be-sides that, my father's servants—those whom he brought with him from foreign parts—were wild fellows, whom I had

amaba más y más. Me traía objetos extraños de tierras lejanas, que me muestran lo mucho que debía haber pensado en mí durante su ausencia. Me puedo sentar y medir la grandeza de su amor, ahora perdido, con estos criterios. En ese entonces nunca pensé si me amaba o no, era tan natural como el aire que respiraba. Él era un hombre que a veces se enojaba con facilidad, pero nunca conmigo. También era muy imprudente, en algunas ocasiones escuché murmurar a los sirvientes que una maldición lo perseguía, y que él lo sabía y trataba de ahogar tal pensamiento realizando actividades desenfrenadas, y en ocasiones, en vino. Así que crecí en una gran mansión, en aquel solitario lugar. Todo a mi alrededor parecía estar a mi disposición, y creo que todos me querían, es seguro que yo los amaba. Hace unos dos años, lo recuerdo bien, mi padre regresó a Inglaterra, a nosotras; él parecía tan orgulloso y satisfecho conmigo y todo lo que había hecho. Y un día parecía que se le soltó la lengua con el vino y me dijo cosas que no eran de mi conocimiento hasta ese momento, sobre lo mucho que había amado a mi madre y cómo sus imprudentes costumbres habían provocado su muerte, y luego me dijo que me amaba más que a cualquier otra criatura en la tierra y cómo deseaba que un día pudiera llevarme al extranjero, pues no podía soportar estar lejos de su única hija. Y de repente él parecía haber cambiado, me dijo de una manera un tanto extraña y agresiva que no creyera todo lo que dijo, que había cosas que amaba más que a mí, su caballo, su perro, y no sé qué más.

»Y fue en la siguiente mañana, cuando fui a su cuarto a pedirle su bendición como de costumbre, que él me recibió enfurecido con feroces palabras. Me preguntó: «¿Por qué me he divertido tanto haciendo travesuras sin sentido, bailando sobre los retoños del jardín que eran adornados por los famosos bulbos holandeses que él había traído de Holanda?». Yo no había salido de la mansión esa mañana, señor, y no podía entender a lo que se refería, y así se lo dije. Me insultó por mentirosa y me dijo que levantaba falso testimonio, pues él mismo me vio, con sus propios ojos, haciendo aquella travesura. ¿Qué podía decir? Él no me escuchaba e incluso mis lágrimas lo irritaban. Ese día fue el inicio de mis grandes penas. No mucho después, me reprochó por mi excesiva confianza hacia sus mozos, algo impropio de una dama. Me dijo que yo había estado en el establo, riendo y platicando. Ahora bien, soy algo cobarde ante la naturaleza, siempre le he temido a los caballos, además los sirvientes que mi padre traía del extranjero eran tipos salvajes, a quienes yo siempre evitaba y nunca les hablaba, a excepción de que fue-

always avoided, and to whom I had never spoken, except as a lady must needs from time to time speak to her father's people. Yet my father called me by names of which I hardly know the meaning, but my heart told me they were such as shame any modest woman; and from that day he turned quite against me;—nay, sir, not many weeks after that, he came in with a riding-whip in his hand; and, accusing me harshly of evil doings, of which I knew no more than you, sir, he was about to strike me, and I, all in bewildering tears, was ready to take his stripes as great kindness compared to his harder words, when suddenly he stopped his arm mid-way, gasped and staggered, crying out, 'The curse—the curse!' I looked up in terror. In the great mirror opposite I saw myself, and right behind, another wicked, fearful self, so like me that my soul seemed to quiver within me, as though not knowing to which similitude of body it belonged. My father saw my double at the same moment, either in its dreadful reality, whatever that might be, or in the scarcely less terrible reflection in the mirror; but what came of it at that moment I cannot say, for I suddenly swooned away; and when I came to myself I was lying in my bed, and my faithful Clarke sitting by me. I was in my bed for days; and even while I lay there my double was seen by all, flitting about the house and gardens, always about some mischievous or detestable work. What wonder that every one shrank from me in dread—that my father drove me forth at length, when the disgrace of which I was the cause was past his patience to bear. Mistress Clarke came with me; and here we try to live such a life of piety and prayer as may in time set me free from the curse."

All the time she had been speaking, I had been weighing her story in my mind. I had hitherto put cases of witchcraft on one side, as mere superstitions; and my uncle and I had had many an argument, he supporting himself by the opinion of his good friend Sir Matthew Hale. Yet this sounded like the tale of one bewitched; or was it merely the effect of a life of extreme seclusion telling on the nerves of a sensitive girl? My scepticism inclined me to the latter belief, and when she paused I said:

"I fancy that some physician could have disabused your father of his belief in visions—"

Just at that instant, standing as I was opposite to her in the full

ra necesario. Aun así, mi padre me llamó por nombres cuyo significado desconozco, pero mi corazón me dijo que eran tales que avergonzarían a cualquier mujer modesta, y ese fue el día en que se volvió contra mí. No, señor, no muchas semanas después llegó con una fusta en mano, acusándome injustamente de actos maliciosos, de los cuales no tengo conocimiento, él estaba a punto de golpearme, y yo, con desconcertadas lágrimas, estaba lista para recibir sus golpes como una gran bondad en comparación con sus duras palabras, cuando detuvo su brazo abruptamente, dio un grito ahogado, se tambaleó y gritó: «¡La maldición! ¡La maldición!». Yo lo miré, aterrorizada. En el gran espejo frente a mí, me vi a mí misma, y detrás de mí había un ser malvado y temeroso, tan parecido a mí que mi alma parecía estremecerse en mis adentros, como si no supiera a qué semejanza de cuerpo pertenecía. Mi padre vio a mi doble en ese mismo momento, ya sea en su terrible realidad —fuese la que fuese— o en el reflejo del espejo, que era un poco menos aterradora. No puedo decir lo que pasó después de ese momento, pues me desvanecí de repente. Cuando volví en mí me encontraba acostada en mi cama, y mi leal Clarke estaba sentada a mi lado. Estuve en cama por días, e incluso mientras yacía ahí mi doble era visto por todos, revoloteando por toda la casa y en los jardines, siempre detrás de algo travieso o detestable. No es sorprendente que todo el mundo se alejó de mí con temor, que mi padre me desterrara, cuando la desgracia, de la que yo era culpable, superó su paciencia. La señora Clarke vino conmigo, y aquí estamos, intentando vivir esta vida de devoción y oración que con el tiempo me pueda liberar de la maldición.

Todo el tiempo que ella estuvo hablando, estuve sopesando su historia en mi mente. Hasta el momento había puesto los casos de brujería a un lado, como meras supersticiones; y mi tío y yo habíamos discutido muchas veces, él apoyándose en la opinión de su buen amigo Matthew Hale. Sin embargo, esto sonaba como la historia de un embrujo; ¿o simplemente era el efecto de la vida de extremo aislamiento delatando los nervios de una chica sensible? Mi escepticismo me inclinó a esta última idea, y cuando se detuvo le dije:

—Supongo que algún médico podría haber desengañado a su padre de sus creencias en las visiones.

En ese instante, estando frente a ella en la plena y perfecta luz de la

and perfect morning light, I saw behind her another figure—a ghastly resemblance, complete in likeness, so far as form and feature and minutest touch of dress could go, but with a loathsome demon soul looking out of the gray eyes, that were in turns mocking and voluptuous. My heart stood still within me; every hair rose up erect; my flesh crept with horror. I could not see the grave and tender Lucy—my eyes were fascinated by the creature beyond. I know not why, but I put out my hand to clutch it; I grasped nothing but empty air, and my whole blood curdled to ice. For a moment I could not see; then my sight came back, and I saw Lucy standing before me, alone, deathly pale, and, I could have fancied, almost, shrunk in size.

"IT has been near me?" she said, as if asking a question.

The sound seemed taken out of her voice; it was husky as the notes on an old harpsichord when the strings have ceased to vibrate. She read her answer in my face, I suppose, for I could not speak. Her look was one of intense fear, but that died away into an aspect of most humble patience. At length she seemed to force herself to face behind and around her: she saw the purple moors, the blue distant hills, quivering in the sunlight, but nothing else.

"Will you take me home?" she said, meekly.

I took her by the hand, and led her silently through the budding heather—we dared not speak; for we could not tell but that the dread creature was listening, although unseen,—but that IT might appear and push us asunder. I never loved her more fondly than now when— and that was the unspeakable misery—the idea of her was becoming so inextricably blended with the shuddering thought of IT. She seemed to understand what I must be feeling. She let go my hand, which she had kept clasped until then, when we reached the garden gate, and went forwards to meet her anxious friend, who was standing by the window looking for her. I could not enter the house: I needed silence, society, leisure, change—I knew not what—to shake off the sensation of that creature's presence. Yet I lingered about the garden—I hardly know why; I partly suppose, because I feared to encounter the resemblance again on the solitary common, where it had vanished, and partly from a feeling of inexpressible compassion for Lucy. In a few minutes Mistress Clarke came forth and joined me. We

mañana, vi detrás de ella otra figura, con un horrible parecido, completamente semejante —tanto en su forma, sus facciones y el más diminuto detalle de vestimenta— pero el alma de un asqueroso demonio salía de sus grises ojos, que a su vez eran burlones y voluptuosos. Mi corazón se detuvo, cada cabello se levantó, y mi piel se erizó de terror. No podía ver a la seria y dulce Lucy, mis ojos estaban fascinados por la criatura detrás de ella. No sé porque, pero extendí mi mano para tocarla, no agarré nada más que aire y se me heló la sangre. Por un momento no podía ver, pero cuando mi vista regresó, vi a Lucy frente a mí, sola, pálida como la muerte y, pude imaginarme, casi reducida en tamaño.

—¿ESO ha estado cerca de mí? —me dijo, como preguntándome.

Parecía que le habían arrebatado la voz, era tan ronca como las notas de un viejo clavecín cuando sus cuerdas han dejado de vibrar. Obtuvo su respuesta en mi cara, supongo, pues yo no podía hablar. Su mirada mostraba un miedo intenso, pero se desvaneció en el aspecto de la más humilde paciencia. Finalmente pareció obligarse a mirar detrás y a su alrededor; miró los morados páramos, las distantes colinas azules, estremeciéndose en la luz del sol, pero no vio nada.

—¿Me llevará a casa? —me dijo tímidamente.

Yo tomé su mano, y la llevé silenciosamente a través del creciente brezo, no nos atrevimos a hablar, porque no podíamos saber si aquella aterradora criatura estaba escuchando, aunque no la pudiéramos ver, pero ESO podría aparecer y separarnos. Y ese era el inmencionable misterio. Nunca la amé tanto como ahora, cuando la idea que tenía de ella se estaba mezclando inextricablemente con el pensamiento estremecedor de ESO. Ella parecía entender lo que debía estar sintiendo. Soltó mi mano, la que había sujetado hasta ese momento, cuando llegamos a la puerta del jardín, y se adentró para encontrarse con su ansiosa amiga que estaba parada junto a la ventana mirándola. Yo no podía entrar a la casa, necesitaba silencio, sociedad, ocio, un cambio, no sabía qué hacer para sacarme de encima la sensación de la presencia de esa criatura. Aún así, me quedé en el jardín, sin saber por qué, supongo que en parte era a propósito, porque temía encontrarme a la figura semejante nuevamente en el solitario campo, donde había desaparecido, y en parte por la inexplicable compasión que sentía por Lucy. Unos minutos después

walked some paces in silence.

"You know all now," said she, solemnly.

"I saw IT," said I, below my breath.

"And you shrink from us, now," she said, with a hopelessness which stirred up all that was brave or good in me.

"Not a whit," said I. "Human flesh shrinks from encounter with the powers of darkness: and, for some reason unknown to me, the pure and holy Lucy is their victim."

"The sins of the fathers shall be visited upon the children," she said.

"Who is her father?" asked I. "Knowing as much as I do, I may surely know more—know all. Tell me, I entreat you, madam, all that you can conjecture respecting this demoniac persecution of one so good."

"I will; but not now. I must go to Lucy now. Come this afternoon, I will see you alone; and oh, sir! I will trust that you may yet find some way to help us in our sore trouble!"

I was miserably exhausted by the swooning affright which had taken possession of me. When I reached the inn, I staggered in like one overcome by wine. I went to my own private room. It was some time before I saw that the weekly post had come in, and brought me my letters. There was one from my uncle, one from my home in Devonshire, and one, re-directed over the first address, sealed with a great coat of arms, It was from Sir Philip Tempest: my letter of inquiry respecting Mary Fitzgerald had reached him at Liége, where it so happened that the Count de la Tour d'Auvergne was quartered at the very time. He remembered his wife's beautiful attendant; she had had high words with the deceased countess, respecting her intercourse with an English gentleman of good standing, who was also in the foreign service. The countess augured evil of his intentions; while Mary, proud and vehement, asserted that he would soon marry her, and resented her mistress's warnings as an insult. The consequence

la señora Clarke salió y se unió a mí. Caminamos un tiempo en silencio.

—Lo sabe todo ahora —dijo solemnemente.

—Vi ESO —le dije, susurrando.

—Y ahora se alejará de nosotras —dijo, con una desesperanza que despertó toda valentía o bondad dentro de mí.

—Ni un poco —dije—, la piel humana se eriza al encontrarse con los poderes de la oscuridad. Y por alguna razón que desconozco, la pura y santa Lucy es su víctima.

—Los pecados de los padres recaerán en sus hijos —dijo ella.

—¿Quién es su padre? —le pregunté—. Sabiendo tanto como sé, seguramente puedo saber más, saberlo todo. Dígame, se lo pido, señora, todo lo que pueda decirme en relación con esta persecución demoniaca de alguien tan bueno.

—Lo haré, pero no ahora. Debo ir con Lucy ahora. Venga esta tarde, lo veré a solas y, ¡oh, señor!, ¡confío en que usted pueda encontrar alguna forma de sacarnos de este problema!

Me sentí miserablemente exhausto debido al mareo del miedo que se había apoderado de mí. Cuando llegué a la pensión, me tambaleé como alguien pasado de vino. Me fui a mi habitación. Pasó un tiempo antes de notar que el correo semanal había venido y había dejado cartas para mí. Una era de mi tío, otra era de mi casa en Devonshire, y otra, redirigida de la primera dirección y sellada con un gran escudo de armas, era de sir Philip Tempest, mi carta preguntando al respecto de Mary Fitzgerald le fue enviada a Lieja, donde el conde de la Tour d'Auvergne se encontraba en ese momento. Él recordaba a la hermosa empleada de la condesa, ella había tenido una fuerte discusión en cuando a su relación con un inglés de buena posición, quien también era un oficial extranjero. La condesa veía maldad en sus intenciones, mientras Mary, orgullosa e intensa, aseguró que se casaría pronto con él, y resintió las advertencias de la dama. Por consecuente, ella dejó de servir a la señora de la Tour d'Auvergne; como creía el conde, se había ido a vivir con el inglés, pero

was, that she had left Madame de la Tour d'Auvergne's service, and, as the Count believed, had gone to live with the Englishman; whether he had married her, or not, he could not say. "But," added Sir Philip Tempest, "you may easily hear what particulars you wish to know respecting Mary Fitzgerald from the Englishman himself, if, as I suspect, he is no other than my neighbour and former acquaintance, Mr. Gisborne, of Skipford Hall, in the West Riding. I am led to the belief that he is no other, by several small particulars, none of which are in themselves conclusive, but which, taken together, furnish a mass of presumptive evidence. As far as I could make out from the Count's foreign pronunciation, Gisborne was the name of the Englishman: I know that Gisborne of Skipford was abroad and in the foreign service at that time—he was a likely fellow enough for such an exploit, and, above all, certain expressions recur to my mind which he used in reference to old Bridget Fitzgerald, of Coldholme, whom he once encountered while staying with me at Starkey Manor-house. I remember that the meeting seemed to have produced some extraordinary effect upon his mind, as though he had suddenly discovered some connection which she might have had with his previous life. I beg you to let me know if I can be of any further service to you. Your uncle once rendered me a good turn, and I will gladly repay it, so far as in me lies, to his nephew."

I was now apparently close on the discovery which I had striven so many months to attain. But success had lost its zest. I put my letters down, and seemed to forget them all in thinking of the morning I had passed that very day. Nothing was real but the unreal presence, which had come like an evil blast across my bodily eyes, and burnt itself down upon my brain. Dinner came, and went away untouched. Early in the afternoon I walked to the farm-house. I found Mistress Clarke alone, and I was glad and relieved. She was evidently prepared to tell me all I might wish to hear.

"You asked me for Mistress Lucy's true name; it is Gisborne," she began.

"Not Gisborne of Skipford?" I exclaimed, breathless with anticipation.

no sabía si él se había casado con ella o no.

«Pero», agregaba sir Philip Tempest, «podrá saber más acerca de Mary Fitzgerald del mismo inglés, si es, como supongo, nada más y nada menos que mi vecino o antiguo camarada, el señor Gisborne, de Skipford Hall, en West Riding. Estoy convencido que es él, y ningún otro, por muchos pequeños detalles, ninguno de los cuales son concluyentes en sí mismos, pero que en conjunto proveen una masa de presunta evidencia. De lo poco que logré entender del dialecto del conde, Gisborne era el nombre del inglés. Yo sabía que el señor Gisborne de Skipford estaba en el extranjero realizando un servicio en ese tiempo, era un tipo suficientemente adecuado para tal proeza y, sobre todo, recuerdo ciertas expresiones que usó para referirse a la vieja Bridget Fitzgerald, de Coldholme, con quien se encontró una vez mientras se quedaba conmigo en la mansión Starkey. Recuerdo que aquella reunión parece haber producido un efecto extraordinario en su mente, como si de repente hubiera descubierto algún tipo de conexión que ella pudo haber tenido con su antigua vida. Le ruego que me deje saber si puedo servirle en alguna otra cosa. Su tío una vez me hizo un gran favor y estaré feliz de devolvérselo, en la medida de mis posibilidades, a su sobrino».

Parecía que ahora me encontraba a punto de descubrir lo que durante tantos meses me había esforzado en conseguir. Pero el éxito había perdido su sabor. Dejé mis cartas, parecía que las olvidé por completo al pensar en la mañana que había pasado ese mismo día. Nada parecía real, más que la irreal presencia, que había llegado como un mal fugaz a través de mis propios ojos, y que se consumió dentro de mi cerebro. La comida llegó, pero no fue consumida. Temprano por la tarde, caminé hacia la granja. Encontré a la señora Clarke sola, y yo estaba contento y aliviado. Ella evidentemente estaba preparada para contarme todo lo que yo deseara escuchar.

—Me preguntó por el apellido real de la señorita Lucy, es Gisborne —comenzó a decir.

—¿Gisborne de Skipford? —exclamé, anticipándome casi sin aliento.

"The same," said she, quietly, not regarding my manner. "Her father is a man of note; although, being a Roman Catholic, he cannot take that rank in this country to which his station entitles him. The consequence is that he lives much abroad—has been a soldier, I am told."

"And Lucy's mother?" I asked.

She shook her head. "I never knew her," said she. "Lucy was about three years old when I was engaged to take charge of her. Her mother was dead."

"But you know her name?—you can tell if it was Mary Fitzgerald?"

She looked astonished. "That was her name. But, sir, how came you to be so well acquainted with it? It was a mystery to the whole household at Skipford Court. She was some beautiful young woman whom he lured away from her protectors while he was abroad. I have heard said he practised some terrible deceit upon her, and when she came to know it, she was neither to have nor to hold, but rushed off from his very arms, and threw herself into a rapid stream and was drowned. It stung him deep with remorse, but I used to think the remembrance of the mother's cruel death made him love the child yet dearer."

I told her, as briefly as might be, of my researches after the descendant and heir of the Fitzgeralds of Kildoon, and added—something of my old lawyer spirit returning into me for the moment—that I had no doubt but that we should prove Lucy to be by right possessed of large estates in Ireland.

No flush came over her gray face; no light into her eyes. "And what is all the wealth in the whole world to that poor girl?" she said. "It will not free her from the ghastly bewitchment which persecutes her. As for money, what a pitiful thing it is! it cannot touch her."

"No more can the Evil Creature harm her," I said. "Her holy nature dwells apart, and cannot be defiled or stained by all the devilish arts in the whole world."

—El mismo —me dijo, en voz baja, sin importarle mi actitud—. Su padre era un hombre de renombre, aunque, al ser un católico romano, no puede tomar el cargo que le corresponde en este país. Es por eso por lo que vive en el extranjero, me han dicho que ha sido un soldado.

—¿Y la madre de Lucy? —pregunté.

—Nunca la conocí —dijo, negando con su cabeza—, Lucy tenía alrededor de tres años cuando se me encomendó cuidar de ella. Su madre había muerto.

—¿Pero sabe su nombre? ¿Podría decirme si era Mary Fitzgerald?

Ella parecía estupefacta.

—Ese era su nombre. Pero ¿cómo usted puede estar tan familiarizado? Era un misterio para todos los de la casa de Skipford Court. Era una bella joven, quien fue alejada de sus protectores mientras se encontraba en el extranjero. He escuchado que él practicó un terrible engaño sobre ella, y cuando ella se enteró no pudo soportarlo y se escapó de sus brazos, se tiró en una corriente rápida y se ahogó. Le causó un gran remordimiento, pero solía pensar que el recuerdo de la cruel muerte de la madre hizo que amara a su hija más profundamente.

Le dije, con la brevedad posible, que estaba investigando sobre el descendiente y heredero de los Fitzgerald de Kildoon, y agregué, algo que vino de parte de mi viejo espíritu de abogacía en ese momento, que no tenía duda que debíamos probar el derecho que Lucy poseía sobre aquellas grandes tierras en Irlanda.

Su gris rostro no se ruborizó, no había luz en sus ojos.

—¿Y qué es toda la riqueza del mundo para esa pobre chica? No la liberará de aquel horrible embrujo que la persigue. Y por el dinero, ¡qué lamentable! No la puede ayudar.

—La malvada criatura no puede tampoco lastimarla —dije—, su sagrada naturaleza yace aparte y no puede ser ni profanada ni manchada por ninguna de las artes demoniacas del mundo entero.

"True! but it is a cruel fate to know that all shrink from her, sooner or later, as from one possessed—accursed."

"How came it to pass?" I asked.

"Nay, I know not. Old rumours there are, that were bruited through the household at Skipford."

"Tell me," I demanded.

"They came from servants, who would fain account for every thing. They say that, many years ago, Mr. Gisborne killed a dog belonging to an old witch at Coldholme; that she cursed, with a dreadful and mysterious curse, the creature, whatever it might be, that he should love best; and that it struck so deeply into his heart that for years he kept himself aloof from any temptation to love aught. But who could help loving Lucy?"

"You never heard the witch's name?" I gasped.


"Yes—they called her Bridget: they said he would never go near the spot again for terror of her. Yet he was a brave man!"

"Listen," said I, taking hold of her arm, the better to arrest her full attention: "if what I suspect holds true, that man stole Bridget's only child—the very Mary Fitzgerald who was Lucy's mother; if so, Bridget cursed him in ignorance of the deeper wrong he had done her. To this hour she yearns after her lost child, and questions the saints whether she be living or not. The roots of that curse lie deeper than she knows: she unwittingly banned him for a deeper guilt than that of killing a dumb beast. The sins of the fathers are indeed visited upon the children."

"But," said Mistress Clarke, eagerly, "she would never let evil rest on her own grandchild? Surely, sir, if what you say be true, there are hopes for Lucy. Let us go—go at once, and tell this fearful woman all that you suspect, and beseech her to take off the spell she has put upon her innocent grandchild."

—¡Correcto! Pero el cruel destino que es saber que todos, tarde o temprano, se alejarán de ella, por ser alguien poseída, alguien maldita...

—¿Cómo ocurrió?

—No lo sé. Hay viejos rumores que recorrieron la casa de Skipford.

—Cuéntemelos —le ordené.

—Venían de parte de los sirvientes, quienes gustosos contaban todo. Decían que años atrás, el señor Gisborne mató al perro de una vieja bruja en Coldholme, y que ella lo maldijo, con una terrible y misteriosa maldición a la criatura que más amara en esta vida, cualquiera que esta fuera. Y eso le impactó tan profundamente que por años se privó de toda tentación de amar. ¿Pero quién no amaría a Lucy?

—¿Alguna vez escuchó el nombre de aquella bruja? —le dije, agitadamente.

—Sí, la llamaban Bridget. Decían que él nunca más regresó a aquel lugar por el miedo que le tenía. ¡A pesar de ser un hombre valiente!

—Escuche —le dije, tomando su mano para poder tener su completa atención—, si mis sospechas son ciertas, ese hombre se robó a la hija única de Bridget, la misma Mary Fitzgerald, quien era la madre de Lucy. De ser así, Bridget lo maldijo, ignorante del profundo mal que él le había hecho. Hasta hoy ella añora a su hija perdida, y le pregunta a los santos si sigue viva o no. Las raíces de esa maldición son más profundas de lo que cree, inconscientemente lo maldijo por una culpa más profunda que el hecho de matar a una torpe bestia. Sin duda los pecados de los padres recaen en sus hijos.

—Pero —dijo la señora Clarke, entusiasmada— ¿ella no dejaría que tal maldición recaiga en su propia nieta? Por supuesto, si lo que dice es verdad, hay esperanzas para Lucy. Vayamos, vayamos de una vez, y digámosle a esa aterradora mujer todo lo que usted supone, supliquémosle que retire el hechizo que ha puesto sobre su inocente nieta.

It seemed to me, indeed, that something like this was the best course we could pursue. But first it was necessary to ascertain more than what mere rumour or careless hearsay could tell. My thoughts turned to my uncle—he could advise me wisely—he ought to know all. I resolved to go to him without delay; but I did not choose to tell Mistress Clarke of all the visionary plans that flitted through my mind. I simply declared my intention of proceeding straight to London on Lucy's affairs. I bade her believe that my interest on the young lady's behalf was greater than ever, and that my whole time should be given up to her cause. I saw that Mistress Clarke distrusted me, because my mind was too full of thoughts for my words to flow freely. She sighed and shook her head, and said, "Well, it is all right!" in such a tone that it was an implied reproach. But I was firm and constant in my heart, and I took confidence from that.

I rode to London. I rode long days drawn out into the lovely summer nights: I could not rest. I reached London. I told my uncle all, though in the stir of the great city the horror had faded away, and I could hardly imagine that he would believe the account I gave him of the fearful double of Lucy which I had seen on the lonely moorside. But my uncle had lived many years, and learnt many things; and, in the deep secrets of family history that had been confided to him, he had heard of cases of innocent people bewitched and taken possession of by evil spirits yet more fearful than Lucy's. For, as he said, to judge from all I told him, that resemblance had no power over her—she was too pure and good to be tainted by its evil, haunting presence. It had, in all probability, so my uncle conceived, tried to suggest wicked thoughts and to tempt to wicked actions but she, in her saintly maidenhood, had passed on undefiled by evil thought or deed. It could not touch her soul: but true, it set her apart from all sweet love or common human intercourse. My uncle threw himself with an energy more like six-and-twenty than sixty into the consideration of the whole case. He undertook the proving Lucy's descent, and volunteered to go and find out Mr. Gisborne, and obtain, firstly, the legal proofs of her descent from the Fitzgeralds of Kildoon, and, secondly, to try and hear all that he could respecting the working of the curse, and whether any and what means had been taken to exorcise that terrible appearance. For he told me of instances where, by prayers and long fasting, the evil possessor had been driven forth with howling and many cries from the body which it had come to

Me parecía, realmente, que algo así sería el mejor camino que podíamos tomar. Pero primero era necesario confirmar lo que eran meros rumores o habladurías. Pensé en mi tío, él podría aconsejarme sabiamente, él debería saberlo todo. Organicé todo para ir a hablar con él sin demoras, pero decidí no contarle a la señora Clarke sobre todos los planes visionarios que inundaban mi mente. Simplemente le conté sobre mi intención de regresar a London para revisar los asuntos de Lucy. Le rogué que creyera que mis intereses por la joven eran más grandes que nunca y que debía dedicar todo mi tiempo a su causa. Noté que la señora Clarke no mostraba confianza, pues mi mente estaba llena de ideas como para que mis palabras fluyeran. Ella suspiró y negó con su cabeza, diciendo: «¡Bueno! ¡Está bien!», en un tono que implicaba reproche. Pero yo estaba firme y era constante en mi corazón, y decidí confiar en ello.

Viajé a Londres. Cabalgué por largos días que se prolongaban en las agradables noches de verano. No podía descansar. Llegué a Londres. Le conté todo a mi tío, aunque en el bullicio de la gran ciudad el terror se esfumó, y apenas podía imaginarme que mi tío creería la historia que le conté sobre el aterrador doble de Lucy que había visto en los solitarios páramos. Pero mi tío había vivido muchos años, y aprendió muchas cosas y, en los oscuros secretos de la historia familiar que él se había guardado, había escuchado casos de personas inocentes siendo embrujadas y que habían sido poseídas por espíritus aún peores que el de Lucy. Porque, por lo que dijo, considerando todo lo que le conté, el doble no tenía poder alguno sobre ella, ella era muy pura y buena como para ser corrompida por esta maligna y persistente presencia. Parecía que, según mi tío, ante todas las posibilidades, había intentado envolverla en pensamientos maliciosos he intentado tentarla a realizar retorcidas actividades, pero ella, en su santa doncellez, había logrado liberarse de malos pensamientos o acciones. No podía tocar su alma, pero sí que la alejaba de todo dulce amor o de las relaciones humanas comunes. Mi tío parecía tener la energía de alguien de veintiséis en vez de sesenta en la consideración de todo el caso. Tomó las pruebas del linaje de Lucy y se ofreció a ir y encontrar al señor Gisborne, y obtener, en primer lugar, pruebas legales de que ella es descendiente de los Fitzgerald de Kildoon y, en segundo lugar, intentar y oír todo lo que pudiera sobre la obra de la maldición, y si habían intentado exorcizar a la horrible aparición. Me contó de instancias en las que, con oraciones y largas horas de ayuno, el mal había sido expulsado entre aullidos y muchos gritos del cuerpo en

inhabit; he spoke of those strange New England cases which had happened not so long before; of Mr. Defoe, who had written a book, wherein he had named many modes of subduing apparitions, and sending them back whence they came; and, lastly, he spoke low of dreadful ways of compelling witches to undo their witchcraft. But I could not endure to hear of those tortures and burnings. I said that Bridget was rather a wild and savage woman than a malignant witch; and, above all, that Lucy was of her kith and kin; and that, in putting her to the trial, by water or by fire, we should be torturing—it might be to the death—the ancestress of her we sought to redeem.

My uncle thought awhile, and then said, that in this last matter I was right—at any rate, it should not be tried, with his consent, till all other modes of remedy had failed; and he assented to my proposal that I should go myself and see Bridget, and tell her all.

In accordance with this, I went down once more to the wayside inn near Coldholme. It was late at night when I arrived there; and, while I supped, I inquired of the landlord more particulars as to Bridget's ways. Solitary and savage had been her life for many years. Wild and despotic were her words and manner to those few people who came across her path. The country-folk did her imperious bidding, because they feared to disobey. If they pleased her, they prospered; if, on the contrary, they neglected or traversed her behests, misfortune, small or great, fell on them and theirs. It was not detestation so much as an indefinable terror that she excited.

In the morning I went to see her. She was standing on the green outside her cottage, and received me with the sullen grandeur of a throneless queen. I read in her face that she recognized me, and that I was not unwelcome; but she stood silent till I had opened my errand.

"I have news of your daughter," said I, resolved to speak straight to all that I knew she felt of love, and not to spare her. "She is dead!"

The stern figure scarcely trembled, but her hand sought the support of the door-post.

el que habitaban, me habló sobre unos extraños casos que ocurrieron no hace mucho en Nueva Inglaterra; sobre el señor Defoe, quien había escrito un libro donde nombraba maneras de reprimir apariciones, y regresarlos a donde venían y, por último, me contó en voz baja sobre las terribles formas para lograr que las brujas deshagan sus maldiciones. Pero no pude soportar escuchar esas torturas y quemazones de brujas. Le dije que Bridget era en realidad una mujer silvestre y salvaje y no una bruja maligna y, sobre todo, Lucy era su sangre, y que, al enjuiciarla, en agua o en fuego, estaríamos torturando, e incluso matando, al ancestro de la mujer a quien queríamos redimir.

Mi tío se quedó pensando unos momentos, y luego dijo que en esto último yo estaba en lo correcto: de ninguna forma debería intentarse, sin su consentimiento, hasta que todos los otros métodos hayan fallado; y accedió a mi propuesta de que yo mismo debía ir a ver a Bridget y decirle todo.

Y así fue, me dirigí una vez más a la pensión cercana a Coldholme. Era de noche cuando llegué allá; y mientras cenaba, le pedí al dueño más información sobre el estilo de vida de Bridget. Por muchos años su vida había sido solitaria y salvaje. Sus palabras y modales hacia las pocas personas que se cruzaban en su camino eran feroces y déspotas. Los campesinos cumplían sus imperiosas órdenes pues temían desobedecerle. Si cumplían, prosperaban; si, por el contrario, ellos descuidaban o no atendían sus deseos, la desgracia, grande o pequeña, llegaba a su vida y a la de los suyos. No la odiaban, más bien les despertaba un terror indefinible.

Por la mañana fui a verla. Estaba parada en el pasto fuera de su cabaña, y me recibió con la taciturna magnificencia de una reina sin trono. Pude ver en su rostro que me reconoció, y que era bienvenido; pero se mantuvo callada hasta que le di mi mensaje.

Tengo noticias de su hija —le dije, dispuesto a decirle directamente todo lo que yo sabía de quien ella amaba y ahorrarle sufrimiento—. ¡Está muerta!

Su rígida figura apenas tembló, pero su mano buscó apoyo en el marco de la puerta.

"I knew that she was dead," said she, deep and low, and then was silent for an instant. "My tears that should have flowed for her were burnt up long years ago. Young man, tell me about her."

"Not yet," said I, having a strange power given me of confronting one, whom, nevertheless, in my secret soul I dreaded.

"You had once a little dog," I continued. The words called out in her more show of emotion than the intelligence of her daughter's death. She broke in upon my speech:—

"I had! It was hers—the last thing I had of hers—and it was shot for wantonness! It died in my arms. The man who killed that dog rues it to this day. For that dumb beast's blood, his best-beloved stands accursed."

Her eyes distended, as if she were in a trance and saw the working of her curse. Again I spoke:—

"O, woman!" I said, "that best-beloved, standing accursed before men, is your dead daughter's child."

The life, the energy, the passion, came back to the eyes with which she pierced through me, to see if I spoke truth; then, without another question or word, she threw herself on the ground with fearful vehemence, and clutched at the innocent daisies with convulsed hands.

"Bone of my bone! flesh of my flesh! have I cursed thee—and art thou accursed?"

So she moaned, as she lay prostrate in her great agony. I stood aghast at my own work. She did not hear my broken sentences; she asked no more, but the dumb confirmation which my sad looks had given that one fact, that her curse rested on her own daughter's child. The fear grew on me lest she should die in her strife of body and soul; and then might not Lucy remain under the spell as long as she lived?

Even at this moment, I saw Lucy coming through the woodland

—Sabía que estaba muerta —dijo con un tono grave y bajo, y luego se quedó en silencio por un momento—. Las lágrimas que debería haber derramado por ella se secaron hace muchos años. Joven, cuénteme sobre ella.

Todavía no —le dije, sintiendo en mí una extraña fuerza para enfrentar a quien, sin embargo, temía en lo más secreto de mi alma.

»Usted tuvo un pequeño perro —continué. Estas palabras le causaron más emoción que la muerte de su hija.

—¡Lo tuve! —me interrumpió—. Era de ella, lo último que me quedaba de ella; ¡y le dispararon perversamente! Murió en mis brazos. El hombre que mató al perro lo lamenta hasta el día de hoy. Gracias a la sangre de aquella torpe criatura, la persona que él más ama está maldita.

Sus ojos se dilataron, como si hubiera entrado en trance y pudiera ver el funcionamiento de su maldición. Volví a hablar:

—¡Oh, señora! —le dije—. Esa persona, a quién él más ama, y que está maldita ante los hombres, es su nieta.

La vida, la energía, la pasión regresaron a sus ojos, y con ellos atravesó mi alma para saber si yo hablaba con la verdad; luego, sin ninguna otra pregunta o palabra, se tiró al piso con temerosa vehemencia y se aferró a las inocentes margaritas con sus temblorosas manos.

—¡Hueso de mis huesos, carne de mi carne! ¿Yo te he maldecido; y estás maldita?

Y gimoteó, mientras yacía postrada en su gran agonía. Me quedé horrorizado ante mi propia obra. Ella no escuchó mis frases entrecortadas; no preguntó nada más, pero mis tristes ojos le habían confirmado aquel hecho, que su maldición había caído sobre su propia nieta. En mí creció el miedo de que ella tuviera que morir en su lucha de cuerpo y alma; y entonces, ¿Lucy permanecería bajo el hechizo por el resto de su vida?

En ese momento, vi a Lucy salir del bosque, por el camino que llevaba

path that led to Bridget's cottage; Mistress Clarke was with her: I felt at my heart that it was she, by the balmy peace which the look of her sent over me, as she slowly advanced, a glad surprise shining out of her soft quiet eyes. That was as her gaze met mine. As her looks fell on the woman lying stiff, convulsed on the earth, they became full of tender pity; and she came forward to try and lift her up. Seating herself on the turf, she took Bridget's head into her lap; and, with gentle touches, she arranged the dishevelled gray hair streaming thick and wild from beneath her mutch.

"God help her!" murmured Lucy. "How she suffers!"

At her desire we sought for water; but when we returned, Bridget had recovered her wandering senses, and was kneeling with clasped hands before Lucy, gazing at that sweet sad face as though her troubled nature drank in health and peace from every moment's contemplation. A faint tinge on Lucy's pale cheeks showed me that she was aware of our return; otherwise it appeared as if she was conscious of her influence for good over the passionate and troubled woman kneeling before her, and would not willingly avert her grave and loving eyes from that wrinkled and careworn countenance.

Suddenly—in the twinkling of an eye—the creature appeared, there, behind Lucy; fearfully the same as to outward semblance, but kneeling exactly as Bridget knelt, and clasping her hands in jesting mimicry as Bridget clasped hers in her ecstasy that was deepening into a prayer. Mistress Clarke cried out—Bridget arose slowly, her gaze fixed on the creature beyond: drawing her breath with a hissing sound, never moving her terrible eyes, that were steady as stone, she made a dart at the phantom, and caught, as I had done, a mere handful of empty air. We saw no more of the creature—it vanished as suddenly as it came, but Bridget looked slowly on, as if watching some receding form. Lucy sat still, white, trembling, drooping—I think she would have swooned if I had not been there to uphold her. While I was attending to her, Bridget passed us, without a word to any one, and, entering her cottage, she barred herself in, and left us without.

a la cabaña de Bridget; la señora Clarke estaba con ella: sentí en el fondo de mi corazón que era ella, por la agradable paz en su mirada mientras la veía avanzar lentamente, con una grata sorpresa que resplandecía en sus tiernos y tranquilos ojos. Eso mientras sus ojos se encontraban con los míos. Cuando su mirada se dirigió a la mujer rígida en el piso, convulsionándose en la tierra, sus ojos se llenaron de dulce lástima; y se acercó a intentar ayudarla. Se sentó en el pasto, acomodó la cabeza de Bridget en su regazo; y con pequeñas caricias, arregló el desarreglado cabello gris que caía abundante y salvaje sobre su cara.

—¡Dios, ayúdala! ¡Mira como sufre! —murmuró Lucy.

Ante su deseo fuimos a buscar agua; pero cuando regresamos, Bridget ya había recuperado sus errantes sentidos, y estaba hincada frente a Lucy con las manos juntas, mirando aquella dulce y triste cara como si su turbulenta naturaleza pudiera beber salud y paz de ese momento de contemplación. Un leve tinte en las pálidas mejillas de Lucy me hizo saber que ella estaba consiente de nuestro regreso; por otra parte, parecía que ella era consciente de su influencia positiva sobre la apasionada y afligida mujer que se encontraba hincada frente a ella, y no estaba dispuesta a apartar su seria y amorosa mirada de aquel arrugado y agobiado rostro.

De repente, en un abrir y cerrar de ojos, la criatura apareció, ahí, detrás de Lucy; su apariencia exterior era aterradoramente igual, pero hincándose de la misma manera que Bridget, y juntando sus manos, en un mimetismo burlón, como Bridget juntaba las suyas en un éxtasis que se profundizaba en una oración. La señora Clarke se quejó con fuerza; Bridget se levantó lentamente, y fijó su mirada en la criatura: respirando con dificultad, sin mover nunca sus terribles ojos, que estaban tan firmes como una roca, ella lanzó rápidamente su mano sobre el fantasma, y atrapó, al igual que me había sucedido, un simple puñado de aire. Y ya no vimos a la criatura; desapareció tan rápidamente como llegó, pero Bridget siguió mirando lentamente, como si estuviera viendo la figura alejarse. Lucy se quedó quieta, pálida, temblando, decaída; yo creo que se hubiera desmayado si yo no hubiera estado ahí para sostenerla. Mientras la asistía, Bridget pasó a un lado de nosotros, sin decirle nada a nadie, y al adentrarse a su cabaña, se encerró dentro de ella y nos dejó fuera.

All our endeavours were now directed to get Lucy back to the house where she had tarried the night before. Mistress Clarke told me that, not hearing from me (some letter must have miscarried), she had grown impatient and despairing, and had urged Lucy to the enterprise of coming to seek her grandmother; not telling her, indeed, of the dread reputation she possessed, or how we suspected her of having so fearfully blighted that innocent girl; but, at the same time, hoping much from the mysterious stirring of blood, which Mistress Clarke trusted in for the removal of the curse. They had come, by a different route from that which I had taken, to a village inn not far from Coldholme, only the night before. This was the first interview between ancestress and descendant.

All through the sultry noon I wandered along the tangled brush-wood of the old neglected forest, thinking where to turn for remedy in a matter so complicated and mysterious. Meeting a countryman, I asked my way to the nearest clergyman, and went, hoping to obtain some counsel from him. But he proved to be a coarse and common-minded man, giving no time or attention to the intricacies of a case, but dashing out a strong opinion involving immediate action. For instance, as soon as I named Bridget Fitzgerald, he exclaimed:—

"The Coldholme witch! the Irish papist! I'd have had her ducked long since but for that other papist, Sir Philip Tempest. He has had to threaten honest folk about here over and over again, or they'd have had her up before the justices for her black doings. And it's the law of the land that witches should be burnt! Ay, and of Scripture, too, sir! Yet you see a papist, if he's a rich squire, can overrule both law and Scripture. I'd carry a faggot myself to rid the country of her!"

Such a one could give me no help. I rather drew back what I had already said; and tried to make the parson forget it, by treating him to several pots of beer, in the village inn, to which we had adjourned for our conference at his suggestion. I left him as soon as I could, and returned to Coldholme, shaping my way past deserted Starkey Manor-house, and coming upon it by the back. At that side were the oblong remains of the old moat, the waters of which lay placid and

Todos nuestros esfuerzos estaban ahora dirigidos a llevar a Lucy de regreso a la casa donde se había quedado la noche anterior. La señora Clarke me dijo que al no escuchar de mí (alguna carta debió haberse perdido) se comenzó a sentir impaciente y desesperanzada, y le había instado a Lucy a tomar la iniciativa de venir a buscar a su abuela; sin contarle, claro, de la temible reputación que tenía, ni de las sospechas que teníamos de que ella había dañado tan terriblemente a esa inocente muchacha; pero, al mismo tiempo, esperábamos demasiado de la misteriosa relación de sangre, en la que la señora Clarke confiaba para retirar la maldición. Ellas vinieron por una ruta distinta a la que yo había tomado, de una pensión de un pueblo no tan lejano a Coldholme, justo la noche anterior. Ese fue el primer encuentro entre ancestro y descendiente.

Durante la abrasadora tarde deambulé a lo largo de los enredados matorrales del viejo y abandonado bosque, pensando en dónde buscar respuesta a un caso tan complicado y misterioso. Me encontré con un campesino y le pregunté el camino hacia el clérigo más cercano, y fui, esperando obtener algún consejo de él. Pero resultó ser un hombre tosco y de mente cerrada, sin prestarle atención a la complejidad del asunto, y formulando rápidamente una fuerte opinión que implicaba acción inmediata. Por ejemplo, tan pronto como nombré a Bridget Fitzgerald, exclamó:

—¡La bruja de Coldholme! ¡La papista irlandesa! Yo ya la habría hundido desde hace mucho si no fuera por ese otro papista, sir Philip Tempest. Él ha amenazado a la gente honesta de aquí en repetidas ocasiones o ya la habrían llevado ante la justicia por sus oscuras obras. ¡Y es ley que las brujas deben ser quemadas! ¡Ah, y también está en las sagradas escrituras, señor! Aun así, usted puede ver que un papista, si es un hacendado rico, puede pasar por encima de ambas, la ley y las Sagradas Escrituras. ¡Yo mismo tomaría un haz para librar al país de ella!

Alguien así no me podría ayudar. Me retracté de lo que ya había dicho; e intenté hacer que el clérigo lo olvidara, le invité varias jarras de cerveza en la pensión del pueblo, a la que nos trasladamos para tener nuestra plática, por sugerencia suya. Lo dejé tan pronto como pude y regresé a Coldholme, pasando por la abandonada mansión Starkey, y me encontré con la parte trasera. En ese lugar estaban los restos oblongos del antiguo foso, cuyas aguas yacían serenas e inmóviles bajo los

motionless under the crimson rays of the setting sun; with the forest-trees lying straight along each side, and their deep-green foliage mirrored to blackness in the burnished surface of the moat below—and the broken sun-dial at the end nearest the hall—and the heron, standing on one leg at the water's edge, lazily looking down for fish—the lonely and desolate house scarce needed the broken windows, the weeds on the door-sill, the broken shutter softly flapping to and fro in the twilight breeze, to fill up the picture of desertion and decay. I lingered about the place until the growing darkness warned me on. And then I passed along the path, cut by the orders of the last lady of Starkey Manor-House, that led me to Bridget's cottage. I resolved at once to see her; and, in spite of closed doors—it might be of resolved will—she should see me. So I knocked at her door, gently, loudly, fiercely. I shook it so vehemently that a length the old hinges gave way, and with a crash it fell inwards, leaving me suddenly face to face with Bridget—I, red, heated, agitated with my so long baffled efforts—she, stiff as any stone, standing right facing me, her eyes dilated with terror, her ashen lips trembling, but her body motionless. In her hands she held her crucifix, as if by that holy symbol she sought to oppose my entrance. At sight of me, her whole frame relaxed, and she sank back upon a chair. Some mighty tension had given way. Still her eyes looked fearfully into the gloom of the outer air, made more opaque by the glimmer of the lamp inside, which she had placed before the picture of the Virgin.

"Is she there?" asked Bridget, hoarsely.

"No! Who? I am alone. You remember me."

"Yes," replied she, still terror stricken. "But she—that creature—has been looking in upon me through that window all day long. I closed it up with my shawl; and then I saw her feet below the door, as long as it was light, and I knew she heard my very breathing—nay, worse, my very prayers; and I could not pray, for her listening choked the words ere they rose to my lips. Tell me, who is she?—what means that double girl I saw this morning? One had a look of my dead Mary; but the other curdled my blood, and yet it was the same!"

She had taken hold of my arm, as if to secure herself some human

rayos carmesís del atardecer; con árboles forestales en los costados, su follaje era de un intenso verde que se reflejaba en un tono más oscuro en la superficie bruñida del foso; y el reloj solar roto en el extremo más cercano al hall; y la garza, parada sobre una de sus patas a la orilla del agua, buscando pescados perezosamente; la desolada y solitaria casa solo necesitaba las ventanas rotas, la hierba mala en el umbral de la puerta, y la contraventana rota meciéndose suavemente ante la brisa del crepúsculo, para crear la imagen completa de abandono y decadencia. Permanecí en el lugar hasta que la creciente oscuridad me hizo sentir que era tiempo de irme. Luego tomé el sendero, creado por órdenes de la última dama de la mansión Starkey, que me condujo a la cabaña de Bridget. Decidí ir inmediatamente a verla; y, a pesar de que las puertas estuvieran cerradas —quizás a propósito— ella me vería. Así que toqué a su puerta, suave, fuerte, ferozmente. Toqué tan intensamente que con el tiempo las viejas bisagras cedieron, y la puerta cayó de golpe hacia adentro, encontrándome repentinamente cara a cara con Bridget... Yo, rojo, acalorado, y agitado por mis largos y frustrados esfuerzos... ella, rígida como una piedra, parada frente a mí, sus ojos dilatados por el terror, sus labios cenizos temblando, pero su cuerpo se encontraba inmóvil. En sus manos sostenía un crucifijo, como si con ese sagrado símbolo ella quisiera detener mi entrada. Al verme, todo su cuerpo se relajó y se dejó caer en una silla. Un poco de aquella intensa tensión se había ido. Aun así, sus ojos miraban temerosos a la oscuridad de aire exterior, que se hacía más opaco por el destello de la lámpara que se encontraba en el interior, frente a la figura de la Virgen.

—¿Ella está allí? —preguntó Bridget con voz ronca.

—¡No! ¿Quién? Estoy solo. Usted me recuerda.

—Sí —me respondió, aún afligida por el terror—. Pero ella, esa criatura, me ha estado mirando a través de la ventana todo el día. La cubrí con mi chal; y luego vi sus pies debajo de la puerta, mientras había luz, y yo sabía que ella oía mi respiración. No, aún peor, mis oraciones; yo no podía orar, el que ella escuchara ahogaba mis palabras antes de que salieran de mis labios. Dígame, ¿quién es ella?, ¿qué significan esas mujeres idénticas que vi esta mañana? Una tenía la mirada de mi difunta Mary; pero la otra me heló la sangre, ¡pero eran idénticas!

Ella había tomado mi brazo, como si quisiera asegurarse de tener

companionship. She shook all over with the slight, never-ceasing tremor of intense terror. I told her my tale as I have told it you, sparing none of the details.

How Mistress Clarke had informed me that the resemblance had driven Lucy forth from her father's house—how I had disbelieved, until, with mine own eyes, I had seen another Lucy standing behind my Lucy, the same in form and feature, but with the demon-soul looking out of the eyes. I told her all, I say, believing that she—whose curse was working so upon the life of her innocent grandchild—was the only person who could find the remedy and the redemption. When I had done, she sat silent for many minutes.

"You love Mary's child?" she asked.

"I do, in spite of the fearful working of the curse—I love her. Yet I shrink from her ever since that day on the moor-side. And men must shrink from one so accompanied; friends and lovers must stand afar off. Oh, Bridget Fitzgerald! loosen the curse! Set her free!"

"Where is she?"

I eagerly caught at the idea that her presence was needed, in order that, by some strange prayer or exorcism, the spell might be reversed.

"I will go and bring her to you," I exclaimed. Bridget tightened her hold upon my arm.

"Not so," said she, in a low, hoarse voice. "It would kill me to see her again as I saw her this morning. And I must live till I have worked my work. Leave me!" said she, suddenly, and again taking up the cross. "I defy the demon I have called up. Leave me to wrestle with it!"

She stood up, as if in an ecstasy of inspiration, from which all fear was banished. I lingered—why I can hardly tell—until once more she bade me begone. As I went along the forest way, I looked back, and saw her planting the cross in the empty threshold, where the door had been.

compañía humana. Todo su cuerpo tembló con un leve pero incesante e intenso terror. Le conté mi historia, de la misma manera que te la he contado a ti, sin escatimar detalles.

Cómo la señora Clarke me había informado que la criatura idéntica había alejado a Lucy de la casa de su padre, cómo yo había sido escéptico, hasta que, con mis propios ojos, había visto otra Lucy parada detrás de mi Lucy, con el mismo cuerpo y sus mismos rasgos, pero con aquella alma demoniaca en sus ojos. Le conté todo, creyendo que ella —cuya maldición obraba en la vida de su inocente nieta— era la única persona que podría encontrar el remedio y la redención. Cuando terminé de contarle, ella permaneció sentada en silencio por varios minutos.

—¿Usted ama a la hija de Mary? —me preguntó.

—Así es, a pesar del aterrador efecto de la maldición, la amo. Sin embargo, me he apartado de ella desde aquel día en los páramos. Y los hombres deben apartarse de alguien así acompañado; nosotros, amigos y amantes debemos estar apartados. ¡Oh, Bridget Fitzgerald! ¡Deshaga la maldición! ¡Libérela!

—¿Dónde está ella?

Efusivamente tuve la idea de que su presencia era necesaria, para que, por medio de alguna extraña oración o exorcismo, el hechizo pudiera revertirse.

—Iré por ella y se la traeré —exclamé. Bridget apretó mi brazo con más fuerza.

—No —dijo ella, en un tono bajo y ronco—. Me mataría volver a verla como la vi esta mañana. Y debo vivir hasta que haya hecho mi trabajo. ¡Déjeme sola! —me dijo, repentinamente, tomando nuevamente el crucifijo—. Yo desafío al demonio que he invocado. ¡Déjeme pelear con él!

Se puso de pie, como si estuviera en un éxtasis de inspiración, que desvaneció todo el miedo. Me quedé ahí, difícilmente puedo decir el porqué, hasta que una vez más ella me pidió que me fuera. Mientras iba por el camino del bosque, miré hacia atrás, y la vi enterrando el crucifijo en el vacío umbral, donde había estado la puerta.

The next morning Lucy and I went to seek her, to bid her join her prayers with ours. The cottage stood open and wide to our gaze. No human being was there: the cross remained on the threshold, but Bridget was gone.

A la mañana siguiente Lucy y yo fuimos a buscarla, para pedirle que unificáramos nuestras oraciones. La cabaña se encontraba abierta de par a par. No había nadie dentro: el crucifijo seguía en el umbral, pero Bridget había desaparecido.

# CHAPTER III

What was to be done next? was the question that I asked myself. As for Lucy, she would fain have submitted to the doom that lay upon her. Her gentleness and piety, under the pressure of so horrible a life, seemed over-passive to me. She never complained. Mrs. Clarke complained more than ever. As for me, I was more in love with the real Lucy than ever; but I shrunk from the false similitude with an intensity proportioned to my love. I found out by instinct that Mrs. Clarke had occasional temptations to leave Lucy. The good lady's nerves were shaken, and, from what she said, I could almost have concluded that the object of the Double was to drive away from Lucy this last, and almost earliest friend. At times, I could scarcely bear to own it, but I myself felt inclined to turn recreant; and I would accuse Lucy of being too patient—too resigned. One after another, she won the little children of Coldholme. (Mrs. Clarke and she had resolved to stay there, for was it not as good a place as any other, to such as they? and did not all our faint hopes rest on Bridget—never seen or heard of now, but still we trusted to come back, or give some token?) So, as I say, one after another, the little children came about my Lucy, won by her soft tones, and her gentle smiles, and kind actions. Alas! one after another they fell away, and shrunk from her path with blanching terror; and we too surely guessed the reason why. It was the last drop. I could bear it no longer. I resolved no more to linger around the spot, but to go back to my uncle, and among the learned divines of the city of London, seek for some power whereby to annul the curse.

My uncle, meanwhile, had obtained all the requisite testimonials relating to Lucy's descent and birth, from the Irish lawyers, and from Mr. Gisborne. The latter gentleman had written from abroad (he was again serving in the Austrian army), a letter alternately passionately self-reproachful and stoically repellant. It was evident that when he thought of Mary—her short life—how he had wronged her, and of her violent death, he could hardly find words severe enough for his own conduct; and from this point of view, the curse that Bridget had laid upon him and his, was regarded by him as a prophetic doom, to the utterance of which she was moved by a Higher Power, working for the fulfilment of a deeper vengeance than for the death of the poor dog. But then, again, when he came to speak of his daughter, the repugnance which the conduct of the demoniac creature had produced

¿Qué debíamos hacer ahora? Fue la pregunta que me hice a mí mismo. Por su parte, Lucy se hubiera sometido al destino que caía sobre ella. Su gentileza y devoción, bajo la presión de una vida tan horrible, me parecían excesivamente pasivas. Ella nunca se quejó. La señora Clarke se quejó más que nunca. Y por mi parte, estaba más enamorado que nunca de la verdadera Lucy; pero aquella falsa doble me apartaba de ella con una intensidad proporcional a mi amor. Instintivamente me di cuenta de que la señora Clarke había estado tentada a dejar a Lucy en varias ocasiones. Los nervios de esta buena mujer estaban de punta y, por lo que ella dijo, llegué a la conclusión de que el objetivo de la doble era alejar de Lucy a su última y más antigua amiga. A veces, apenas si podía soportar aceptarlo, pero yo mismo me sentía inclinado a desertar y acusaba a Lucy de ser demasiado paciente, de ser demasiado resignada. Uno tras otro, se ganó a los pequeños niños de Coldholme. (La señora Clarke y ella decidieron quedarse ahí, pues ¿no era ese un lugar tan bueno como cualquier otro, para personas como ellas? Y, ¿acaso no todas nuestras débiles esperanzas dependían de Bridget, de quien nunca habíamos vuelto a escuchar, pero en quien confiábamos que volvería o daría alguna señal?). Como decía, uno tras otro, los pequeños niños se acercaron a mi Lucy, conquistados por su tono dulce, su cálida sonrisa y sus amables acciones. ¡Ay! Uno por uno se disiparon, y se apartaron de su camino con gran pavor: y nosotros adivinamos con seguridad la razón. Fue la gota que derramó el vaso. Ya no lo podía soportar más. Decidí no quedarme más tiempo y volver con mi tío, y de la mano de los letrados teólogos de Londres buscar algún poder que lograra anular la maldición.

Mientras tanto mi tío, a través de los abogados irlandeses y el señor Gisborne, había conseguido todos los testimonios necesarios en relación con el linaje de Lucy y su nacimiento. Este último caballero había escrito desde el extranjero (estaba sirviendo nuevamente en el ejército austriaco) una carta en la que alternaba entre apasionadas críticas a su persona y una repulsión estoica. Era evidente que cuando pensaba en Mary, en su corta vida, en cómo le había hecho daño, y su violenta muerte, él a duras penas podía encontrar palabras lo suficientemente severas para su propio comportamiento; y desde su punto de vista, la maldición que Bridget había puesto sobre él y su hija, él lo consideró cómo un profético destino, que la declaración de ella había sido persuadida por una fuerza superior, funcionando para cumplir una venganza más profunda que la muerte del pobre perro. Pero entonces, de nuevo, cuando comenzó a hablar de su hija,

in his mind, was but ill-disguised under a show of profound indifference as to Lucy's fate. One almost felt as if he would have been as content to put her out of existence, as he would have been to destroy some disgusting reptile that had invaded his chamber or his couch.

The great Fitzgerald property was Lucy's; and that was all—was nothing.

My uncle and I sat in the gloom of a London November evening, in our house in Ormond Street. I was out of health, and felt as if I were in an inextricable coil of misery. Lucy and I wrote to each other, but that was little; and we dared not see each other for dread of the fearful Third, who had more than once taken her place at our meetings. My uncle had, on the day I speak of, bidden prayers to be put up on the ensuing Sabbath in many a church and meeting-house in London, for one grievously tormented by an evil spirit. He had faith in prayers—I had none; I was fast losing faith in all things. So we sat, he trying to interest me in the old talk of other days, I oppressed by one thought—when our old servant, Anthony, opened the door, and, without speaking, showed in a very gentlemanly and prepossessing man, who had something remarkable about his dress, betraying his profession to be that of the Roman Catholic priesthood. He glanced at my uncle first, then at me. It was to me he bowed.

"I did not give my name," said he, "because you would hardly have recognised it; unless, sir, when, in the north, you heard of Father Bernard, the chaplain at Stoney Hurst?"

I remembered afterwards that I had heard of him, but at the time I had utterly forgotten it; so I professed myself a complete stranger to him; while my ever-hospitable uncle, although hating a papist as much as it was in his nature to hate anything, placed a chair for the visitor, and bade Anthony bring glasses, and a fresh jug of claret.

Father Bernard received this courtesy with the graceful ease and pleasant acknowledgement which belongs to a man of the world.

la repugnancia que había provocado en su mente el comportamiento de la criatura demoniaca no cubría su profunda indiferencia respecto al destino de Lucy. Uno podía casi percibir que él hubiera estado tan contento por la desaparición de ella como lo habría estado por destruir algún asqueroso reptil que hubiera invadido su habitación o su sofá.

La gran propiedad de los Fitzgerald era de Lucy, y eso era todo; era nada.

Una noche de noviembre, en Londres, mi tío y yo nos sentamos bajo la penumbra, en nuestra casa en Ormond Street. Yo estaba enfermo, y sentía como si me encontrara en un inextricable bucle de miseria. Lucy y yo nos escribíamos mutuamente, pero eso era todo; no nos atrevíamos a vernos por temor a la aterradora tercera, quien había aparecido en más de una ocasión en nuestros encuentros. En ese día del que hablo, mi tío había pedido que en el siguiente Shabat se hiciera oración en múltiples iglesias y casas de reunión de Londres, por una persona gravemente atormentada por un espíritu maligno. Él tenía fe en las oraciones, yo no la tenía; estaba perdiendo rápidamente fe en todas las cosas. Así que nos sentamos —él intentaba despertar mi interés en las viejas pláticas de antes, a mí me oprimía un pensamiento—, cuando nuestro antiguo sirviente, Anthony, abrió la puerta y, sin decir palabra, presentó de una manera caballerosa e impresiva a un hombre que tenía algo extraordinario en su vestimenta, revelando su profesión como sacerdote católico romano. Él miró a mi tío primero, y luego a mí. Me saludó con una reverencia.

—No di mi nombre, porque usted difícilmente lo reconocería; a menos que usted, señor, ¿haya escuchado del padre Bernard, en el norte, el capellán de Stoney Hurst? —dijo él.

Después recordé que había escuchado de él, pero en ese momento lo había olvidado por completo; así que me presenté como un completo extraño para él, mientras que mi siempre hospitalario tío, a pesar de que odiaba a los papistas tanto como estaba en su naturaleza odiar todo, colocó una silla para la visita y le pidió a Anthony que trajera unos vasos y una jarra de clarete nueva.

El padre Bernard recibió esta cortesía con elegancia y grata cordialidad, dignas de un hombre de mundo. Y luego me escaneó con su mirada

Then he turned to scan me with his keen glance. After some alight conversation, entered into on his part, I am certain, with an intention of discovering on what terms of confidence I stood with my uncle, he paused, and said gravely—

"I am sent here with a message to you, sir, from a woman to whom you have shown kindness, and who is one of my penitents, in Antwerp—one Bridget Fitzgerald."

"Bridget Fitzgerald!" exclaimed I. "In Antwerp? Tell me, sir, all that you can about her."

"There is much to be said," he replied. "But may I inquire if this gentleman—if your uncle is acquainted with the particulars of which you and I stand informed?"

"All that I know, he knows," said I, eagerly laying my hand on my uncle's arm, as he made a motion as if to quit the room.

"Then I have to speak before two gentlemen who, however they may differ from me in faith, are yet fully impressed with the fact that there are evil powers going about continually to take cognizance of our evil thoughts: and, if their Master gives them power, to bring them into overt action. Such is my theory of the nature of that sin, which I dare not disbelieve—as some sceptics would have us do—the sin of witchcraft. Of this deadly sin, you and I are aware, Bridget Fitzgerald has been guilty. Since you saw her last, many prayers have been offered in our churches, many masses sung, many penances undergone, in order that, if God and the holy saints so willed it, her sin might be blotted out. But it has not been so willed."

"Explain to me," said I, "who you are, and how you come connected with Bridget. Why is she at Antwerp? I pray you, sir, tell me more. If I am impatient, excuse me; I am ill and feverish, and in consequence bewildered."

There was something to me inexpressibly soothing in the tone of voice with which he began to narrate, as it were from the beginning,

penetrante. Después de entablar una pequeña conversación, estoy seguro, con la intención de descubrir los términos de confianza que tenía con mi tío, él hizo una pausa y dijo seriamente:

—He sido enviado con un mensaje para usted, señor, de parte de una mujer a quien usted ha mostrado bondad, y quien es una de mis penitentes en Amberes, llamada Bridget Fitzgerald.

—¡Bridget Fitzgerald! —exclamé—. ¿En Amberes? Dígame todo lo que sabe de ella, señor.

—Hay mucho que decir —respondió— pero ¿puedo preguntar si este caballero, si su tío, está familiarizado con el tema del que usted y yo estamos informados?

—Todo lo que sé, él lo sabe —dije yo, poniendo impacientemente mi mano sobre el brazo de mi tío, mientras él parecía querer salir de la habitación.

—Entonces debo de hablar frente a ustedes dos, quienes, sin importar que su fe difiera de la mía, están completamente impactados por el hecho de que hay fuerzas malignas que continuamente buscan tomar conciencia de nuestros malos pensamientos y, si su maestro les da poder, traerlos a acción manifiesta. Esta es mi teoría de la naturaleza de este pecado, de la cual no me atrevo a dudar como algunos escépticos desearían que hiciéramos: el pecado de la brujería. De este pecado mortal, ustedes y yo estamos conscientes, que Bridget Fitzgerald ha sido culpable. Desde la última vez que ustedes la vieron, se han ofrecido múltiples oraciones en nuestras iglesias, en muchas misas se han cantado, se han cumplido muchas penitencias, para que, si así era la voluntad de Dios y los santos espíritus, se borrara su pecado. Pero no ha sido así.

—Explíqueme —le dije—. ¿Quién es usted y cómo es que usted está conectado a Bridget? ¿Porque está ella en Amberes? Le ruego, señor, dígame más. Si soy impaciente, le pido una disculpa; estoy enfermo y tengo fiebre, y por eso me encuentro desorientado.

Había algo inexplicablemente reconfortante en el tono de voz en el que empezó a relatar, como si conociera a Bridget desde antes.

his acquaintance with Bridget.

"I had known Mr. and Mrs. Starkey during their residence abroad, and so it fell out naturally that, when I came as chaplain to the Sherburnes at Stoney Hurst, our acquaintance was renewed; and thus I became the confessor of the whole family, isolated as they were from the offices of the Church, Sherburne being their nearest neighbour who professed the true faith. Of course, you are aware that facts revealed in confession are sealed as in the grave; but I learnt enough of Bridget's character to be convinced that I had to do with no common woman; one powerful for good as for evil. I believe that I was able to give her spiritual assistance from time to time, and that she looked upon me as a servant of that Holy Church, which has such wonderful power of moving men's hearts, and relieving them of the burden of their sins. I have known her cross the moors on the wildest nights of storm, to confess and be absolved; and then she would return, calmed and subdued, to her daily work about her mistress, no one witting where she had been during the hours that most passed in sleep upon their beds. After her daughter's departure—after Mary's mysterious disappearance—I had to impose many a long penance, in order to wash away the sin of impatient repining that was fast leading her into the deeper guilt of blasphemy. She set out on that long journey of which you have possibly heard—that fruitless journey in search of Mary—and during her absence, my superiors ordered my return to my former duties at Antwerp, and for many years I heard no more of Bridget.

"Not many months ago, as I was passing homewards in the evening, along one of the streets near St. Jacques, leading into the Meer Straet, I saw a woman sitting crouched up under the shrine of the Holy Mother of Sorrows. Her hood was drawn over her head, so that the shadow caused by the light of the lamp above fell deep over her face; her hands were clasped round her knees. It was evident that she was some one in hopeless trouble, and as such it was my duty to stop and speak. I naturally addressed her first in Flemish, believing her to be one of the lower class of inhabitants. She shook her head, but did not look up. Then I tried French, and she replied in that language, but speaking it so indifferently, that I was sure she was either English or Irish, and consequently spoke to her in my own native tongue. She recognized my voice; and, starting up, caught at my robes, dragging

—Conocí al señor y la señora Starkey durante mi residencia en el extranjero, y sucedió naturalmente que, cuando llegué como capellán para los sherburnianos en Stoney Hurst, nuestra relación fue renovada, y así fue como me convertí en el confesor de toda la familia, dado que estaban aislados de los oficios de la Iglesia; Sherburne era el vecino más cercano que profesaba la fe verdadera. Por supuesto, estamos conscientes que los hechos revelados en confesión están sellados bajo sepultura; pero he aprendido lo suficiente del carácter de Bridget para estar convencido que no trataba con una mujer común; una mujer poderosa, tanto para el bien como para el mal. Creo que pude darle asistencia espiritual ocasionalmente y que ella me veía como un servidor de la santa iglesia, que tiene el maravilloso poder de mover los corazones de los hombres, y mitigar la carga de sus pecados. Reconozco que ella ha cruzado los páramos en las tempestuosas noches de tormenta, para confesarse y ser absuelta; y luego regresaba a casa, tranquila y sumisa, a su trabajo diario con su señora, sin que nadie supiera donde había estado durante las horas que la mayoría se encontraba durmiendo en sus camas. Después de que su hija se fue, después de la misteriosa desaparición de Mary, tuve que imponerle muchas y largas penitencias, para poder absolver el pecado de la impaciente queja que la dirigía rápidamente a cometer una profunda blasfemia. Ella partió en aquel largo viaje del que ustedes probablemente han escuchado, ese infructífero viaje en búsqueda de Mary y, durante su ausencia, mis superiores ordenaron mi regreso a mis labores en Amberes, y por muchos años no escuche más de Bridget.

»No hace muchos meses, iba camino a casa por la tarde, a lo largo de una calle cercana a San Jaime, que conduce a Meer Straet, y vi a una mujer sentada en cuclillas bajo el santuario de Nuestra Señora de los Dolores. Su capucha le cubría la cabeza, por lo que la sombra creada por la lámpara sobre ella caía profundamente sobre su rostro, sus manos se entrelazaban, rodeando sus rodillas. Era evidente que ella se encontraba desesperanzada, y era mi deber detenerme y hablar con ella. Naturalmente, me dirigí a ella en flamenco, creyendo que pertenecía a la clase baja de los pobladores. Ella negó con su cabeza, pero no subió la mirada. Luego intenté en francés, y ella respondió en ese idioma, pero hablándolo indiferentemente, así, yo estaba seguro de que ella era o inglesa o irlandesa, y entonces le hablé en mi lengua nativa. Ella reconoció mi voz, y se levantó inmediatamente, tomándome de la túnica y arras-

me before the blessed shrine, and throwing herself down, and forcing me, as much by her evident desire as by her action, to kneel beside her, she exclaimed:

"'O Holy Virgin! you will never hearken to me again, but hear him; for you know him of old, that he does your bidding, and strives to heal broken hearts. Hear him!'

"She turned to me.

"'She will hear you, if you will only pray. She never hears *me*: she and all the saints in heaven cannot hear my prayers, for the Evil One carries them off, as he carried that first away. O, Father Bernard, pray for me!'

"I prayed for one in sore distress, of what nature I could not say; but the Holy Virgin would know. Bridget held me fast, gasping with eagerness at the sound of my words. When I had ended, I rose, and, making the sign of the Cross over her, I was going to bless her in the name of the Holy Church, when she shrank away like some terrified creature, and said—

"'I am guilty of deadly sin, and am not shriven.'

"'Arise, my daughter,' said I, 'and come with me.' And I led the way into one of the confessionals of St. Jaques.

"She knelt; I listened. No words came. The evil powers had stricken her dumb, as I heard afterwards they had many a time before, when she approached confession.

"She was too poor to pay for the necessary forms of exorcism; and hitherto those priests to whom she had addressed herself were either so ignorant of the meaning of her broken French, or her Irish-English, or else esteemed her to be one crazed—as, indeed, her wild and excited manner might easily have led any one to think—that they had neglected the sole means of loosening her tongue, so that she might confess her deadly sin, and, after due penance, obtain absolution. But I knew Bridget of old, and felt that she was a penitent sent to me. I went through those holy offices appointed by our Church for the

trándome ante el santuario bendito, arrojándose al suelo y forzándome, tanto por su evidente deseo como con sus acciones, a arrodillarme junto a ella, y exclamó:

»«¡Oh, Virgen bendita! Tú nunca volverás a escucharme, pero escúchalo a él; tú lo conoces desde hace mucho tiempo, que él cumple a tu llamado, y trata de sanar los corazones rotos. ¡Escúchalo!».

»Ella volteó para verme.

»«Ella lo escuchará, tan solo si usted ora. Ella nunca *me* oye. Ella y todos los santos en el cielo no pueden escuchar mis plegarias, pues el Maligno las aparta, como se llevó aquella primera. ¡Oh, padre Bernard, ore por mí!».

»Oré por alguien que se encontraba en grave apuro, cuya naturaleza no podía nombrar, pero la Virgen bendita lo sabría. Bridget me tomó la mano rápidamente, respirando ansiosamente y con dificultad al escuchar mis palabras. Cuando terminé, me levanté y haciendo sobre ella la señal de la cruz, le di la bendición en nombre de la santa iglesia, cuando ella se apartó como si fuera una criatura aterrada y dijo:

»«Soy culpable de pecado mortal, y no estoy confesada».

»Levántate, hija mía y ven conmigo —le dije. Y nos dirigimos a uno de los confesionarios de San Jaime.

»Se arrodilló; yo escuché. No salió ni una sola palabra. Los poderes malignos la dejaron muda, y por lo que escuché después, lo habían hecho muchas veces antes, cuando se acercaba a confesarse.

»Ella era muy pobre como para pagar por el exorcismo necesario; y hasta el momento, los sacerdotes a los que se había dirigido o eran ignorantes del significado de su mal francés o su inglés irlandés, o bien la consideraban una loca; de hecho, su comportamiento agitado y salvaje puede llevar a cualquier persona a pensar lo mismo, habían descuidado el medio para aflojar su lengua, para que ella pudiera confesar su pecado mortal y así, después de cumplir la debida penitencia, obtener la absolución. Pero yo conocía a Bridget desde hace tiempo y sentí que ella era una penitente enviada a mí. Cumplí con los santos oficios de nuestra

relief of such a case. I was the more bound to do this, as I found that she had come to Antwerp for the sole purpose of discovering me, and making confession to me. Of the nature of that fearful confession I am forbidden to speak. Much of it you know; possibly all.

"It now remains for her to free herself from mortal guilt, and to set others free from the consequences thereof. No prayers, no masses, will ever do it, although they may strengthen her with that strength by which alone acts of deepest love and purest self-devotion may be performed. Her words of passion, and cries for revenge—her unholy prayers could never reach the ears of the holy saints! Other powers intercepted them, and wrought so that the curses thrown up to heaven have fallen on her own flesh and blood; and so, through her very strength of love, have brused and crushed her heart. Henceforward her former self must be buried,—yea, buried quick, if need be,—but never more to make sign, or utter cry on earth! She has become a Poor Clare, in order that, by perpetual penance and constant service of others, she may at length so act as to obtain final absolution and rest for her soul. Until then, the innocent must suffer. It is to plead for the innocent that I come to you; not in the name of the witch, Bridget Fitzgerald, but of the penitent and servant of all men, the Poor Clare, Sister Magdalen."

"Sir," said I, "I listen to your request with respect; only I may tell you it is not needed to urge me to do all that I can on behalf of one, love for whom is part of my very life. If for a time I have absented myself from her, it is to think and work for her redemption. I, a member of the English Church—my uncle, a Puritan—pray morning and night for her by name: the congregations of London, on the next Sabbath, will pray for one unknown, that she may be set free from the Powers of Darkness. Moreover, I must tell you, sir, that those evil ones touch not the great calm of her soul. She lives her own pure and loving life, unharmed and untainted, though all men fall off from her. I would I could have her faith!"

My uncle now spoke.

"Nephew," said he, "it seems to me that this gentleman, although professing what I consider an erroneous creed, has touched upon the

iglesia, puestos para tratar estos casos. Me vi aún más obligado a hacer esto cuando me enteré de que ella había ido a Amberes con el único propósito de encontrarme y confesarse conmigo. Tengo prohibido hablar de la naturaleza de esa terrible confesión. Ustedes sabrán gran parte de ella; posiblemente todo.

»Queda en ella liberarse de esta mortal culpa, y así liberar a los demás de sus consecuencias. Ningún rezo ni ninguna misa lo lograrán, aunque pueden fortalecerla con esa fuerza con la que se pueden realizar actos de profundo amor y de profunda devoción. Sus apasionadas palabras, su llanto por venganza, ¡sus oraciones profanas nunca podrían llegar a los oídos de los santos! Otras fuerzas las interceptaron, y obraron de tal manera que las maldiciones lanzadas al cielo cayeron en su propia carne; y de esta manera, su propia fuerza de amor golpeó y aplastó su corazón. A partir de ahora su yo actual debe ser enterrado, sí, enterrado rápidamente de ser necesario, ¡y nunca más deberá hacer señas o soltar un grito sobre la tierra! Ella se ha convertido en una clarisa, para que, con el tiempo, mediante perpetua penitencia y constante servicio al prójimo, obtenga la absolución final y que su alma descanse. Hasta entonces, la inocente deberá sufrir. Es así como vengo a ustedes para interceder por la inocente; no en nombre de la bruja, Bridget Fitzgerald, sino por la penitente y servidora de todos los hombres, la clarisa, sor Magdalena.

—Señor —le dije yo—. Escucho su petición con respeto, pero debo decirle que no es necesario que me pida hacer todo lo posible en nombre de la persona a quien amo. Si me he ausentado de su vida, es para pensar y trabajar por su redención. Yo, miembro de la iglesia inglesa, mi tío, un puritano, oramos día y noche por ella, nombrándola: las congregaciones de Londres, el próximo Shabat, orarán por una desconocida, para que sea liberada de las fuerzas de la oscuridad. Además, debo decirle, señor, que el mal no logra afectar la gran calma de su alma. Ella vive su propia vida pura y amorosa, ilesa y sin mancha, aunque todos los hombres se alejan de ella. ¡Ya quisiera yo poder tener su fe!

Mi tío habló:

—Sobrino, me parece que este caballero, aunque profesa lo que yo considero un credo erróneo, ha dado en el clavo al exhortar a Bridget a

right point in exhorting Bridget to acts of love and mercy, whereby to wipe out her sin of hate and vengeance. Let us strive after our fashion, by almsgiving and visiting of the needy and fatherless, to make our prayers acceptable. Meanwhile, I myself will go down into the north, and take charge of the maiden. I am too old to be daunted by man or demon. I will bring her to this house as to a home; and let the Double come if it will! A company of godly divines shall give it the meeting, and we will try issue."

The kindly, brave old man! But Father Bernard sat on musing.

"All hate," said he, "cannot be quenched in her heart; all Christian forgiveness cannot have entered into her soul, or the demon would have lost its power. You said, I think, that her grandchild was still tormented?"

"Still tormented!" I replied, sadly, thinking of Mistress Clarke's last letter.

He rose to go. We afterwards heard that the occasion of his coming to London was a secret political mission on behalf of the Jacobites. Nevertheless, he was a good and a wise man.

Months and months passed away without any change. Lucy entreated my uncle to leave her where she was,—dreading, as I learnt, lest if she came, with her fearful companion, to dwell in the same house with me, that my love could not stand the repeated shocks to which I should be doomed. And this she thought from no distrust of the strength of my affection, but from a kind of pitying sympathy for the terror to the nerves which she clearly observed that the demoniac visitation caused in all.

I was restless and miserable. I devoted myself to good works; but I performed them from no spirit of love, but solely from the hope of reward and payment, and so the reward was never granted. At length, I asked my uncle's leave to travel; and I went forth, a wanderer, with no distincter end than that of many another wanderer—to get away from myself. A strange impulse led me to Antwerp, in spite of the wars and commotions then raging in the Low Countries—or rather, perhaps,

realizar actos de amor y misericordia, para borrar su pecado de odio y venganza. Procuremos, a nuestra manera, dar limosna y visitar a los necesitados y huérfanos, para hacer nuestras plegarias aceptables. Mientras tanto, yo iré al norte, y me hare cargo de la señorita. Soy muy viejo como para ser intimidado por los hombres o los demonios. La traeré a esta casa como si fuera un hogar; si el doble desea venir, ¡que venga! Un grupo de piadosos teólogos vendrá a revisar su caso y buscaremos una solución.

¡El amable y valiente viejo! Pero el padre Bernard permaneció sentado meditando.

—Ella no puede liberarse de todo el odio de su corazón —dijo él— ni todo el perdón cristiano pudo haber entrado en su alma, o el demonio ya habría perdido su poder. ¿Dijo que su nieta sigue atormentada?

—¡Así es! —le respondí, triste, pensando en la última carta de la señora Clarke.

Se levantó para irse. Tiempo después escuchamos que la razón de su visita a Londres era una misión política secreta de los jacobitas. Sin embargo, él era un hombre bueno y sabio.

Los meses pasaron y nada cambió. Lucy le suplicó a mi tío que la dejara donde estaba, temiendo que, según supe, si ella venía con su aterradora compañía, a vivir a la misma casa que yo, mi amor no soportaría las continuas conmociones a las que estaría condenado. Y ella pensaba esto, no porque desconfiara de la fuerza de mi afecto, más bien sentía cierta simpatía por el terror a los nervios que ella había observado que la visita demoniaca provocaba en todos.

Yo me encontraba inquieto y miserable. Me dediqué a las buenas obras; pero las realizaba no desde el espíritu del amor, solamente lo realizaba con la esperanza de una recompensa, y por eso la recompensa nunca fue concedida. Con el tiempo, le pregunté a mi tío si podía ir de viaje; y partí, un vagabundo, sin otro fin que el de muchos otros trotamundos: alejarme de mí mismo. Un extraño impulso me envió a Amberes, a pesar de las guerras y disturbios que ocurrían en ese entonces en

the very craving to become interested in something external, led me into the thick of the struggle then going on with the Austrians. The cities of Flanders were all full at that time of civil disturbances and rebellions, only kept down by force, and the presence of an Austrian garrison in every place.

I arrived in Antwerp, and made inquiry for Father Bernard. He was away in the country for a day or two. Then I asked my way to the Convent of Poor Clares; but, being healthy and prosperous, I could only see the dim, pent-up, gray walls, shut closely in by narrow streets, in the lowest part of the town. My landlord told me, that had I been stricken by some loathsome disease, or in desperate case of any kind, the Poor Clares would have taken me, and tended me. He spoke of them as an order of mercy of the strictest kind, dressing scantily in the coarsest materials, going barefoot, living on what the inhabitants of Antwerp chose to bestow, and sharing even those fragments and crumbs with the poor and helpless that swarmed all around; receiving no letters or communication with the outer world; utterly dead to everything but the alleviation of suffering. He smiled at my inquiring whether I could get speech of one of them; and told me that they were even forbidden to speak for the purposes of begging their daily food; while yet they lived, and fed others upon what was given in charity.

"But," exclaimed I, "supposing all men forgot them! Would they quietly lie down and die, without making sign of their extremity?"

"If such were the rule the Poor Clares would willingly do it; but their founder appointed a remedy for such extreme cases as you suggest. They have a bell—'tis but a small one, as I have heard, and has yet never been rung in the memory of man: when the Poor Clares have been without food for twenty-four hours, they may ring this bell, and then trust to our good people of Antwerp for rushing to the rescue of the Poor Clares, who have taken such blessed care of us in all our straits."

It seemed to me that such rescue would be late in the day; but I did not say what I thought. I rather turned the conversation, by asking my landlord if he knew, or had ever heard, anything of a certain Sis-

los Países Bajos, o tal vez, quizás, el mismo anhelo a interesarme en algo más, me llevó al meollo de la lucha que estaba ocurriendo con los austriacos. Las ciudades de Flandes estaban repletas de disturbios civiles y rebeliones, reprimidos solo por la fuerza, y la presencia de la guarnición austriaca.

Llegué a Amberes y pregunté por el padre Bernard. Él había salido del país por un día o dos. Y luego pregunté por el camino hacia al convento de las clarisas; pero al gozar de buena salud y prosperidad, solo pude ver las grises paredes opacas y confinadas, encerradas por las calles estrechas y en la parte más baja de la ciudad. Mi casero me dijo que, si yo hubiera padecido una asquerosa enfermedad o hubiera estado en una situación urgente de cualquier tipo, las clarisas me hubieran llevado y atendido. Él habló de ellas como una orden de misericordia de estricta índole, vistiéndose escasamente con los materiales más ásperos, van descalzas, viviendo de lo que pobladores de Amberes les brindan y compartiendo esos fragmentos y migajas con los pobres y los desamparados que pululaban por todas partes; sin recibir cartas y sin tener comunicación con el mundo exterior; completamente muertas para todo menos para el alivio del sufrimiento. Él sonrió cuando le pregunté si podía hablar con alguna de ellas, y me dijo que tenían prohibido hasta hablar para mendigar por su alimento, siendo que ellas vivían y alimentaban a otros con lo que se les daba en caridad.

—Pero —exclamé—. ¡Suponiendo que todos los hombres se olvidaron de ellas! ¿Se recostarían en silencio y morirían, sin dar señales de su extrema necesidad?

—Si hubiera una regla así, las clarisas lo harían por voluntad propia; pero su fundadora designó un remedio para casos tan extremos como el que sugiere. Ellas tienen una campana, por lo que he escuchado, es una pequeña, y no ha sido tocada en la memoria del hombre; si las clarisas han estado sin alimento por veinticuatro horas, ellas pueden tocar esta campana, y confiar que la buena gente de Amberes llegará rápidamente al rescate de las clarisas, quienes nos han cuidado con esmero en todos nuestros apuros.

Me parecía que tal rescate llegaría tarde en el día que se necesitara, pero no dije lo que pensaba. Decidí cambiar la conversación preguntándole al casero si conocía, o si alguna vez había escuchado algo de una tal

ter Magdalen.

"Yes," said he, rather under his breath, "news will creep out, even from a convent of Poor Clares. Sister Magdalen is either a great sinner or a great saint. She does more, as I have heard, than all the other nuns put together; yet, when last month they would fain have made her mother-superior, she begged rather that they would place her below all the rest, and make her the meanest servant of all."

"You never saw her?" asked I.

"Never," he replied.

I was weary of waiting for Father Bernard, and yet I lingered in Antwerp. The political state of things became worse than ever, increased to its height by the scarcity of food consequent on many deficient harvests. I saw groups of fierce, squalid men, at every corner of the street, glaring out with wolfish eyes at my sleek skin and handsome clothes.

At last Father Bernard returned. We had a long conversation, in which he told me that, curiously enough, Mr. Gisborne, Lucy's father, was serving in one of the Austrian regiments, then in garrison at Antwerp. I asked Father Bernard if he would make us acquainted; which he consented to do. But, a day or two afterwards, he told me that, on hearing my name, Mr. Gisborne had declined responding to any advances on my part, saying he had adjured his country, and hated his countrymen.

Probably he recollected my name in connection with that of his daughter Lucy. Anyhow, it was clear enough that I had no chance of making his acquaintance. Father Bernard confirmed me in my suspicions of the hidden fermentation, for some coming evil, working among the "blouses" of Antwerp, and he would fain have had me depart from out the city; but I rather craved the excitement of danger, and stubbornly refused to leave.

One day, when I was walking with him in the Place Verte, he bowed to an Austrian officer, who was crossing towards the cathedral.

sor Magdalena.

—Sí —dijo él, más bien en voz baja—, las noticias llegan, incluso de parte del convento de las clarisas. Sor Magdalena es o una gran pecadora o una gran santa. Por lo que he escuchado, ella hace más que todas las otras monjas juntas, aun así, el mes pasado, cuando ellas querían nombrarla madre superiora, ella les suplicó que mejor la colocaran en un puesto por debajo de todas las demás, y que la convirtieran en la servidora más humilde de todas.

—¿Nunca la ha visto? —le pregunté.

—Nunca —me contestó.

Estaba cansado de esperar al padre Bernard, pero aun así me quedé en Amberes. La situación política empeoró drásticamente, incremento debido a la falta de alimento como consecuencia de las deficientes cosechas. En cada esquina de la calle, vi grupos de feroces y escuálidos hombres, mirando con lobunos ojos mi brillante piel y elegantes vestiduras.

Finalmente, el padre Bernard regresó. Tuvimos una larga charla, curiosamente, él me contó que el padre de Lucy, el señor Gisborne, estaba sirviendo en un regimiento austriaco, cuya guarnición se encontraba en Amberes. Le pregunté al padre Bernard si nos podría presentar, a lo cual accedió. Sin embargo, uno o dos días después, él me contó que, al escuchar mi nombre, el señor Gisborne se negó a tratar cualquier tema conmigo, diciendo que él conminó a su país y odiaba a sus compatriotas.

Probablemente recordó mi nombre en relación con su hija Lucy. De cualquier modo, era claro que no había posibilidad de que yo me reuniera con él. El padre Bernard confirmó mis sospechas acerca de la fermentación oculta de un mal venidero, trabajando entre los «infiltrados» de Amberes, y me pidió que me fuera de la ciudad; pero en realidad yo ansiaba la emoción de peligro, y tercamente me negué a irme.

Un día estaba caminando con él en Place Verte, él saludó a un oficial austriaco, quien iba camino a la catedral.

"That is Mr. Gisborne," said he, as soon as the gentleman was past.

I turned to look at the tall, slight figure of the officer. He carried himself in a stately manner, although he was past middle age, and from his years might have had some excuse for a slight stoop. As I looked at the man, he turned round, his eyes met mine, and I saw his face. Deeply lined, sallow, and scathed was that countenance; scarred by passion as well as by the fortunes of war. 'Twas but a moment our eyes met. We each turned round, and went on our separate way.

But his whole appearance was not one to be easily forgotten; the thorough appointment of the dress, and evident thought bestowed on it, made but an incongruous whole with the dark, gloomy expression of his countenance. Because he was Lucy's father, I sought instinctively to meet him everywhere. At last he must have become aware of my pertinacity, for he gave me a haughty scowl whenever I passed him. In one of these encounters, however, I chanced to be of some service to him. He was turning the corner of a street, and came suddenly on one of the groups of discontented Flemings of whom I have spoken. Some words were exchanged, when my gentleman out with his sword, and with a slight but skilful cut drew blood from one of those who had insulted him, as he fancied, though I was too far off to hear the words. They would all have fallen upon him had I not rushed forwards and raised the cry, then well known in Antwerp, of rally, to the Austrian soldiers who were perpetually patrolling the streets, and who came in numbers to the rescue. I think that neither Mr. Gisborne nor the mutinous group of plebeians owed me much gratitude for my interference. He had planted himself against a wall, in a skilful attitude of fence, ready with his bright glancing rapier to do battle with all the heavy, fierce, unarmed men, some six or seven in number. But when his own soldiers came up, he sheathed his sword; and, giving some careless word of command, sent them away again, and continued his saunter all alone down the street, the workmen snarling in his rear, and more than half-inclined to fall on me for my cry for rescue. I cared not if they did, my life seemed so dreary a burden just then; and, perhaps, it was this daring loitering among them that prevented their attacking me. Instead, they suffered me to fall into conversation with them; and I heard some of their grievanc-

—Él es el señor Gisborne —dijo el padre Bernard, tan pronto el caballero se alejó.

Volteé a mirar la alta y delgada figura del oficial. Llevaba un porte majestuoso, a pesar de que ya había pasado la mediana edad, y por ello, podría haber encontrado alguna excusa para encorvarse ligeramente. Cuando miré al hombre, el también volteó, y cuando nuestras miradas se encontraron, miré su rostro. Su rostro estaba realmente arrugado, cetrino, demacrado; marcado por la pasión y por los azares de la guerra. Nuestras miradas se cruzaron solo por un momento. Cada uno se dio la vuelta y siguió su camino.

Pero su apariencia no era fácil de olvidar; el riguroso diseño de su vestimenta y el evidente pensamiento puesto en él no concordaba con la expresión oscura y sombría de su rostro. Ya que él era el padre de Lucy, instintivamente deseaba encontrarlo en todas partes. Después de mucho, debió darse cuenta de mi persistencia, pues fruncia el ceño con arrogancia cada vez que me veía pasar a su lado. Sin embargo, en uno de estos encuentros, tuve la oportunidad de ayudarle. Él estaba caminando por la esquina de la calle, y de repente se encontró con un grupo de descontentos flamencos, de quienes ya he hablado. Intercambiaron un par de palabras, entonces mi caballero sacó su espada y con un pequeño pero habilidoso espadazo sacó sangre de una de las personas que lo habían insultado, según él, aunque yo estaba muy lejos como para escuchar las palabras. Ellos se hubieran abalanzado sobre él si yo no hubiera corrido y lanzado el grito de unión, en ese entonces bien conocido en Amberes, a los soldados austriacos que patrullaban constantemente las calles y que llegaron en gran número al rescate. Creo que ni el señor Gisborne ni el grupo amotinado de plebeyos sentían gratitud hacia mi persona por interferir. Él se plantó contra la pared, en una habilidosa actitud de pelea, listo con su reluciente espada para dar batalla a todos esos pesados, feroces y desarmados hombres, que eran unos seis o siete. Pero cuando sus propios soldados llegaron, él envainó su espada y, dando unos despreocupados comandos, los regresó a sus posiciones, y continuó con su solitario paseo por la calle, los obreros gruñeron a sus espaldas, y estaban más que inclinados a atacarme por mi grito de rescate. No me importaba si lo hacían, en ese momento mi vida parecía una carga deprimente; y, quizás fue esta descarada vaguedad para con ellos lo que previno que me atacaran. En cambio, me permitieron tener una conversación con ellos; y escuché algunas de sus quejas. Eran tan

es. Sore and heavy to be borne were they, and no wonder the sufferers were savage and desperate.

The man whom Gisborne had wounded across his face would fain have got out of me the name of his aggressor, but I refused to tell it. Another of the group heard his inquiry, and made answer—"I know the man. He is one Gisborne, aide-de-camp to the General-Commandant. I know him well."

He began to tell some story in connection with Gisborne in a low and muttering voice; and while he was relating a tale, which I saw excited their evil blood, and which they evidently wished me not to hear, I sauntered away and back to my lodgings.

That night Antwerp was in open revolt. The inhabitants rose in rebellion against their Austrian masters. The Austrians, holding the gates of the city, remained at first pretty quiet in the citadel; only, from time to time, the boom of the great cannon swept sullenly over the town. But if they expected the disturbance to die away, and spend itself in a few hours' fury, they were mistaken. In a day or two, the rioters held possession of the principal municipal buildings. Then the Austrians poured forth in bright flaming array, calm and smiling, as they marched to the posts assigned, as if the fierce mob were no more to them then the swarms of buzzing summer flies. Their practised manœuvres, their well-aimed shot, told with terrible effect; but in the place of one slain rioter, three sprang up of his blood to avenge his loss. But a deadly foe, a ghastly ally of the Austrians, was at work. Food, scarce and dear for months, was now hardly to be obtained at any price. Desperate efforts were being made to bring provisions into the city, for the rioters had friends without. Close to the city port, nearest to the Scheldt, a great struggle took place. I was there, helping the rioters, whose cause I had adopted. We had a savage encounter with the Austrians. Numbers fell on both sides: I saw them lie bleeding for a moment: then a volley of smoke obscured them; and when it cleared away, they were dead—trampled upon or smothered, pressed down and hidden by the freshly-wounded whom those last guns had brought low. And then a gray-robed and grey-veiled figure came right across the flashing guns and stooped over some one, whose life-blood was ebbing away; sometimes it was to give him drink from cans which they carried slung at their sides;

dolorosas y pesadas para ser soportadas, que no era de extrañarse que estas víctimas fueran salvajes y estuvieran desesperadas.

El hombre a quien el señor Gisborne había herido en la cara quería que le dijera el nombre de su agresor, pero me rehusé a decírselo. Otro hombre del grupo escuchó su pregunta y respondió: «Yo lo conozco. Es Gisborne, asistente de campo en el comando general. Lo conozco muy bien».

Él comenzó a contar una historia en conexión con el señor Gisborne, murmurando en un tono bajo; y mientras contaba la historia, la cual despertaba su sangre maligna y que ellos evidentemente deseaban que no escuchara, me alejé y regresé a mi alojamiento.

Esa noche, Amberes estuvo en una revuelta abierta. Los pobladores se levantaron en rebelión contra sus líderes austriacos. Los austriacos, resguardando las entradas de la ciudad, permanecieron bastante tranquilos en la ciudadela; y solo de tanto en tanto, el estallido del gran cañón barría tristemente la ciudad. Pero, si esperaban que el disturbio cesara, y culminara después de un par de horas de furia, estaban equivocados. En un día o dos, los revoltosos tomaron posesión de los principales edificios municipales. Luego, los austriacos se desplegaron en una flamante formación, calmados y sonriendo, mientras marchaban a las bases asignadas, como si para ellos el feroz tumulto no fuera más que un enjambre de molestas moscas de verano. Sus preparadas maniobras, sus tiros acertados, tuvieron un efecto terrible; por cada revoltoso muerto, se alzaban tres más para vengar su muerte. Pero un mortal enemigo, un abominable aliado de los austriacos, estaba en acción. La comida, escasa y deseada por meses, ahora era imposible de obtener, sin importar el precio. Se hicieron esfuerzos desesperados para traer provisiones a la ciudad, ya que los revoltosos tenían amigos fuera. Cerca del puerto de la ciudad, cercano al rio Escalda, tuvo lugar una gran lucha. Yo estaba ahí, ayudando a los revoltosos, cuya causa adopté. Tuvimos un salvaje encuentro con los austriacos. Soldados cayeron en ambos lados: los vi sangrando en el suelo por un momento, luego una bola de humo los ocultó; y cuando el humo se despejó, habían muerto —pisoteados o asfixiados, aplastados u ocultos bajo los recién heridos a quienes esos últimos cañonazos habían derribado—. Y luego una figura con túnica y velo grises apareció justo frente a los fogonazos, y se inclinó frente a alguien, cuya sangre vital se agotaba; a veces era para darle algo de beber de las latas que cargaban en sus costados; otras veces veía la cruz ser

sometimes I saw the cross held above a dying man, and rapid prayers were being uttered, unheard by men in that hellish din and clangour, but listened to by One above. I saw all this as in a dream: the reality of that stern time was battle and carnage. But I knew that these gray figures, their bare feet all wet with blood, and their faces hidden by their veils, were the Poor Clares—sent forth now because dire agony was abroad and imminent danger at hand. Therefore, they left their cloistered shelter, and came into that thick and evil mêlée.

Close to me—driven past me by the struggle of many fighters—came the Antwerp burgess with the scarce-healed scar upon his face; and in an instant more, he was thrown by the press upon the Austrian officer Gisborne, and ere either had recovered the shock, the burgess had recognized his opponent.

"Ha! the Englishman Gisborne!" he cried, and threw himself upon him with redoubled fury. He had struck him hard—the Englishman was down; when out of the smoke came a dark-gray figure, and threw herself right under the uplifted flashing sword. The burgess's arm stood arrested. Neither Austrians nor Anversois willingly harmed the Poor Clares.

"Leave him to me!" said a low stern voice. "He is mine enemy—mine for many years."

Those words were the last I heard. I myself was struck down by a bullet. I remember nothing more for days. When I came to myself, I was at the extremity of weakness, and was craving for food to recruit my strength. My landlord sat watching me. He, too, looked pinched and shrunken; he had heard of my wounded state, and sought me out. Yes! the struggle still continued, but the famine was sore: and some, he had heard, had died for lack of food. The tears stood in his eyes as he spoke. But soon he shook off his weakness, and his natural cheerfulness returned. Father Bernard had been to see me—no one else. (Who should, indeed?) Father Bernard would come back that afternoon—he had promised. But Father Bernard never came, although I was up and dressed, and looking eagerly for him.

sostenida sobre un moribundo, y rápidas oraciones eran pronunciadas, inaudibles para los hombres que se encontraban en medio de esos estruendos infernales, pero escuchadas por Él, arriba. Yo veía todo esto como si estuviera en un sueño: la realidad de esos tiempos austeros era batalla y matanza. Pero yo sabía que esas figuras grises, cuyos pies descalzos estaban bañados en sangre y cuyos rostros se ocultaban tras los velos, eran las clarisas; enviadas porque la extrema agonía se encontraba en todas partes y el inminente peligro estaba al alcance. Por lo tanto, dejaron su enclaustrado refugio y entraron en esa densa y maligna riña.

Cerca de mí, empujado debido a la lucha de muchos combatientes, pasó el pueblerino de Amberes con la cicatriz apenas sanada en su rostro; y, unos instantes después, fue arrojado por la multitud sobre el oficial austriaco Gisborne, y antes de que alguno de los dos se recuperara del golpe, el pueblerino reconoció a su oponente.

—¡Ja! ¡El inglés Gisborne! —gritó, y se tiró sobre él redoblado en ira. Lo había golpeado tan fuerte que el inglés había caído; cuando de entre los humos surgió una figura de gris oscuro, y se arrojó justo debajo de la brillante espada alzada. El brazo del pueblerino se detuvo. Ni los austriacos ni los amberinos estaban dispuestos a lastimar a las clarisas.

—¡Déjemelo a mí! —dijo en un tono bajo y austero—, él es mi enemigo, desde hace muchos años.

Esas son las últimas palabras que recuerdo. Yo mismo fui herido con una bala. No recuerdo lo que pasó por días. Cuando recobré conciencia, me encontraba extremadamente débil, y ansiaba comida para recuperar mis fuerzas. Mi casero estaba sentando, vigilándome. Él también lucía esquelético y marchito; él había escuchado de mi herido estado y fue a buscarme. ¡Sí! La lucha todavía continuaba, pero la hambruna era terrible: y él había escuchado que algunos habían muerto por la falta de comida. Mis ojos aguantaron las lágrimas mientras él hablaba. Pero pronto él se quitó de encima la tristeza y su alegría natural regresó. Él padre Bernard había ido a visitarme... nadie más (¿quién sino podría haber sido?). El padre Bernard regresaría esa tarde, lo había prometido. Pero el padre Bernard nunca llegó, aunque yo ya estaba levantado y vestido, y esperaba verlo con ansias.

My landlord brought me a meal which he had cooked himself: of what it was composed he would not say, but it was most excellent, and with every mouthful I seemed to gain strength. The good man sat looking at my evident enjoyment with a happy smile of sympathy; but, as my appetite became satisfied, I began to detect a certain wistfulness in his eyes, as if craving for the food I had so nearly devoured—for, indeed, at that time I was hardly aware of the extent of the famine. Suddenly, there was a sound of many rushing feet past our window. My landlord opened one of the sides of it, the better to learn what was going on. Then we heard a faint, cracked, tinkling bell, coming shrill upon the air, clear and distinct from all other sounds. "Holy Mother!" exclaimed my landlord, "the Poor Clares!"

He snatched up the fragments of my meal, and crammed them into my hands, bidding me follow. Down stairs he ran, clutching at more food, as the women of his house eagerly held it out to him; and in a moment we were in the street, moving along with the great current, all tending towards the Convent of the Poor Clares. And still, as if piercing our ears with its inarticulate cry, came the shrill tinkle of the bell. In that strange crowd were old men trembling and sobbing, as they carried their little pittance of food; women with tears running down their cheeks, who had snatched up what provisions they had in the vessels in which they stood, so that the burden of these was in many cases much greater than that which they contained; children, with flushed faces, grasping tight the morsel of bitten cake or bread, in their eagerness to carry it safe to the help of the Poor Clares; strong men—yea, both Anversois and Austrians—pressing onward with set teeth, and no word spoken; and over all, and through all, came that sharp tinkle—that cry for help in extremity.

We met the first torrent of people returning with blanched and piteous faces: they were issuing out of the convent to make way for the offerings of others. "Haste, haste!" said they. "A Poor Clare is dying! A Poor Clare is dead for hunger! God forgive us and our city!"

Mi casero me había traído una comida que él mismo había cocinado: no sé de qué estaba hecha, pero era excelente, con cada cucharada yo parecía recobrar fuerza. El buen hombre se sentó mirando mi evidente gozo con una feliz sonrisa de simpatía; pero, mientras saciaba mi apetito, empecé a detectar una cierta melancolía en sus ojos, como si deseara comer lo que yo casi había devorado, pero, en efecto, en ese momento no era consciente de la magnitud de la hambruna. De pronto, el sonido de un par de rápidos pies se oyó por nuestra ventana. Mi casero abrió una de las ventanas para ver qué era lo que estaba pasando. Luego escuchamos el alejado y agitado tintineo de una campana, llegando estridentemente por el aire, claro y distinto a todos los demás sonidos.

—¡Madre Santa! —exclamó mi casero—. ¡Las clarisas!

Él tomo las sobras de mi comida y las apiñó en mis manos, pidiéndome que lo siguiera. Bajó las escaleras corriendo, tomando más comida, mientras las mujeres de su casa se la ofrecían con impaciencia; y en un instante estábamos en la calle, moviéndonos a la par de la gran corriente de personas que se dirigía al convento de las clarisas. Aun así, como si nos perforara los oídos con su grito inarticulado, se escuchaba el agudo tintineo de la campana. En esa extraña multitud había ancianos temblando y llorando, mientras cargaban su pequeña nimiedad de comida; mujeres con lágrimas corriendo por sus mejillas, que habían tomado las provisiones que tenían en los recipientes en los que las resguardaban, de modo que la carga de estos era mucho mayor que lo que contenían; niños, con las mejillas coloradas, sosteniendo firmemente el pedazo de pastel o pan mordido, en su ansia por llevarlos seguramente para ayudar a las clarisas; las hombres fuertes —sí, tanto los amberinos como los austriacos— avanzaban apretando los dientes, sin decir palabra; y por encima de todos y entre todos, se escuchaba aquel agudo tintineo, que era un grito de ayuda en una situación extrema.

Nos encontramos con el primer torrente de personas regresando con rostros pálidos y lastimeros: estaban saliendo del convento para abrir camino a las ofrendas de los demás.

—¡Rápido, rápido! —decían—. ¡Una clarisa está muriendo! ¡Una clarisa está muriendo de hambre! ¡Dios, perdónanos a nosotros y a nuestra ciudad!

We pressed on. The stream bore us along where it would. We were carried through refectories, bare and crumbless; into cells over whose doors the conventual name of the occupant was written. Thus it was that I, with others, was forced into Sister Magdalen's cell. On her couch lay Gisborne, pale unto death, but not dead. By his side was a cup of water, and a small morsel of mouldy bread, which he had pushed out of his reach, and could not move to obtain. Over against his bed were these words, copied in the English version "Therefore, if thine enemy hunger, feed him; if he thirst, give him drink."

Some of us gave him of our food, and left him eating greedily, like some famished wild animal. For now it was no longer the sharp tinkle, but that one solemn toll, which in all Christian countries tells of the passing of the spirit out of earthly life into eternity; and again a murmur gathered and grew, as of many people speaking with awed breath, "A Poor Clare is dying! a Poor Clare is dead!"

Borne along once more by the motion of the crowd, we were carried into the chapel belonging to the Poor Clares. On a bier before the high altar, lay a woman—lay Sister Magdalen—lay Bridget Fitzgerald. By her side stood Father Bernard, in his robes of office, and holding the crucifix on high while he pronounced the solemn absolution of the Church, as to one who had newly confessed herself of deadly sin. I pushed on with passionate force, till I stood close to the dying woman, as she received extreme unction amid the breathless and awed hush of the multitude around. Her eyes were glazing, her limbs were stiffening; but when the rite was over and finished, she raised her gaunt figure slowly up, and her eyes brightened to a strange intensity of joy, as, with the gesture of her finger and the trance-like gleam of her eye, she seemed like one who watched the disappearance of some loathed and fearful creature.

"She is freed from the curse!" said she, as she fell back dead.

Avanzamos. La marea de gente nos llevaba a donde quería. Nos llevaron traves de los comedores, que se encontraban vacíos y desmoronados, hacia las celdas cuyas puertas tenían escrito el nombre conventual de la ocupante. Así fue como, junto con los demás, me vi obligado a entrar a la celda de sor Magdalena. En el sillón se encontraba el señor Gisborne, pálido como la muerte, pero no muerto. A su lado se encontraba un vaso con agua, y un pequeño trozo de pan mohoso, el cual él había alejado de su alcance y no podía moverse para obtenerlo. Sobre su cama estaban escritas las palabras, copiadas en inglés, «por lo tanto, si tu enemigo tiene hambre, aliméntalo; si está sediento, dale algo de beber»[7].

Algunos de nosotros le dimos algo de nuestra comida, y lo dejamos comiendo vorazmente, como un hambriento animal salvaje. Por ahora ya no se escuchaba el intenso tintineo, sino que se escuchaba un solemne tañido, el cual en todos los países cristianos significa el paso de un espíritu de la vida terrenal a la eternidad; y de nuevo se formó el murmullo y este creció, pues mucha gente hablaba conteniendo el aliento.

—¡Una clarisa está muriendo! ¡Una clarisa ha muerto!

Llevados nuevamente por el movimiento de la multitud, entramos a la capilla perteneciente a las clarisas. En un féretro frente al altar se encontraba una mujer, se encontraba sor Magdalena, se encontraba Bridget Fitzgerald. A su lado se encontraba el padre Bernard, con su sotana, y sosteniendo el crucifijo en alto, mientras pronunciaba la solemne absolución de la iglesia, como si fuera alguien que recientemente había confesado un pecado mortal. Avancé con apasionada fuerza, hasta que estuve cerca de la mujer moribunda, mientras recibía los santos óleos entre el silencio ahogado y sorprendido de la multitud alrededor de ella. Sus ojos se volvían vidriosos, sus extremidades se ponían rígidas; pero cuando el rito había terminado, ella levantó su demacrada figura lentamente, y sus ojos se iluminaron con una extraña e intensa alegría, mientras que con el gesto de su dedo y con la mirada perdida en un trance, parecía como alguien que había visto la desaparición de una aborrecedora y terrible criatura.

—¡Ella ha sido liberada de la maldición! —dijo, al mismo tiempo que cayó muerta.

7    Epístola a los Romanos, capítulo 12, verso 20.

CLÁSICOS EN ESPAÑOL

Esperamos que haya disfrutado esta lectura. ¿Quiere leer otra obra de nuestra colección de *Clásicos en español*?

En nuestro Club del Libro encontrarás artículos relacionados con los libros que publicamos y la literatura en general. ¡Suscríbete en nuestra página web y te ofrecemos un ebook gratis por mes!

Recibe tu copia totalmente gratuita de nuestro *Club del libro* en rosettaedu.com/pages/club-del-libro

ROSETTA EDU

## CLÁSICOS EN ESPAÑOL

*Una habitación propia* se estableció desde su publicación como uno de los libros fundamentales del feminismo. Basado en dos conferencias pronunciadas por Virginia Woolf en colleges para mujeres y ampliado luego por la autora, el texto es un testamento visionario, donde tópicos característicos del feminismo por casi un siglo son expuestos con claridad tal vez por primera vez.

Oscar Wilde escribe una sola novela, *El retrato de Dorian Gray*, ésta fue el objeto de una crítica moralizante mordaz por parte de sus contemporáneos que no pudieron ver que dentro de una trama perfectamente compuesta se escondía toda la tragedia del romanticismo. Cien años después no ha perdido su impacto original y sigue siendo un texto fundamental para los debates sobre la estética y la moral.

*Otra vuelta de tuerca* es una de las novelas de terror más difundidas en la literatura universal y cuenta una historia absorbente, siguiendo a una institutriz a cargo de dos niños en una gran mansión en la campiña inglesa que parece estar embrujada. Los detalles de la descripción y la narración en primera persona van conformando un mundo que puede inspirar genuino terror.

rosettaedu.com

## EDICIONES BILINGÜES

En una atmósfera constante de misterio y amenaza, *El corazón de las tinieblas* narra el peligroso viaje de Marlow por un río (sin duda el Congo aunque no es nombrado en el relato) africano. Lo que el marino puede observar en su viaje le horroriza, le deja perplejo, y pone en tela de juicio las bases mismas de la civilización y la naturaleza humana.

Durante décadas, y acercándose a su centenario, *El gran Gatsby* ha sido considerada una obra maestra de la literatura y candidata al título de «Gran novela americana» por su dominio al mostrar la pura identidad americana junto a un estilo distinto y maduro. La edición bilingüe permite apreciar los detalles del texto original y constituye un paso obligado para aprender el inglés en profundidad.

En *La señora Dalloway* Virginia Woolf relata un día en la vida de Clarissa Dalloway, una señora de la clase alta casada con un miembro del parlamento inglés, y de un ex-combatiente que lucha contra su enfermedad mental. La innovación de la novela es la corriente de consciencia: Woolf sigue el pensamiento de cada personaje, siendo excelente a la hora de narrar emociones, asociaciones y sentimientos.

rosettaedu.com

9 781836 471417